LUCCIOLE

Licia
Troisi

La luce
delle stelle

Marsilio

Prima edizione: gennaio 2024
ISBN 978-88-297-2059-0
www.marsilioeditori.it

LA LUCE DELLE STELLE

PROLOGO

In principio era l'occhio nudo, e qualcuno che decise di alzarlo verso il cielo. Il telescopio era di là da venire, e la scienza come la conosciamo oggi non esisteva. Eppure è da lì che ebbe inizio la catena di eventi che ha portato a quella notte fatale.

Compito del bravo astronomo sarebbe limitarsi al proprio lavoro; seduto al telescopio, o davanti al computer nel suo ufficio, a migliaia di chilometri dall'osservatorio, studiare i dati, trarne le leggi, scriverci su un bell'articolo e pubblicare, così da fare carriera. Ma chi ha detto che vogliamo essere bravi astronomi?

Giunti all'epoca dei telescopi spaziali, delle sonde interplanetarie e dell'astronomia delle onde gravitazionali, ci accingiamo a leggere su questa carta avorio gli eventi ben poco mirabili – ma tutto sommato abbastanza tremendi – che avvennero nell'osservatorio di cui è bene e pio che si taccia il nome, in quella notte di un luglio qualsiasi del XXI secolo, mentre l'uomo progettava il suo ritorno sulla Luna.

I

20.30 (UTC–XX)

«Gavriele... Gavriele... Gavriele!»

Più del tono perentorio, fu quella *b* pronunciata come una *v*. In giro per il mondo, il suo nome era stato storpiato in tutti i modi possibili: chi aggiungeva doppie inesistenti, chi si dimenticava la *e* finale e lo chiamava direttamente all'inglese. Ma quella *v* la pronunciava una sola persona al mondo, almeno per quanto ne sapeva lui.

Scattò su come non faceva neppure quando suonava la sveglia – in genere troppo presto, lassù –, e sentì qualcosa cadergli in grembo mentre cercava disperatamente di mettere a fuoco il mondo. Impresa impossibile senza occhiali, visto che gli mancavano cinque decimi da un occhio e sei dall'altro, per non parlare dell'astigmatismo.

«La miopia dev'essere un bel problema per un astronomo, *arh arh arh*!» Era una battuta che spesso gli faceva chi non sapeva distinguere l'astronomia dall'astrologia, assieme a quella sull'oroscopo del giorno.

Pur in quella nebbia di colori attraverso la quale gli appariva il mondo, fu in grado di distinguere dei capelli neri – una macchia rigonfia – e una pelle ambrata – una macchia più chiara. Il cuore prese a martellargli nel petto mentre le sue mani cercavano disperatamente gli occhiali nei dintorni della tastiera del computer. Poi si ricordò di quel leggerissimo peso che gli era caduto sulle gambe.

Alla cieca li tirò su dal grembo tenendoli per le lenti, e quando li mise sul naso le ditate erano tali che quasi quasi era meglio evitare di indossarli.

Lei era là, in piedi davanti a lui, nel suo camice bianco e con la cascata di capelli crespi a incorniciare quel viso che a Gabriele era sempre parso privo di qualsivoglia difetto. Tondo, con qualcosa di infantile, e quegli occhi neri che ti passavano da parte a parte, le ciglia lunghe e incurvate, e poi il naso dritto e piccolo e una spruzzata di efelidi sulle guance. Mariela, in tutto il suo splendore. Ridacchiava, coprendosi la bocca con la mano piccola e paffuta. Ventisette anni di cubana perfezione.

«Stavo solo riposando un po' gli occhi» disse lui, e lei stavolta rise di cuore. Qualcuno, nella *control room*, si girò, e Gabriele arrossì. Lo faceva di continuo, con somma disperazione. Bastava pochissimo: sbagliare una parola in inglese a un congresso, trovare un errore nel software di analisi dati che stava scrivendo, o persino qualcuno che nel raggio di dieci metri pronunciasse la parola «sesso», il tabù per eccellenza. Aveva anche pensato di andare in terapia per risolvere il problema – se tale poteva chiamarsi –, ma non sapeva se esistesse una patologia che faceva arrossire, e se uno psicoterapeuta potesse aiutarlo a guarire. Probabilmente no, così aveva rinunciato; ma ogni volta che sentiva le orecchie infuocarsi, qualcosa dentro di lui iniziava a morire.

Si distrasse pulendosi gli occhiali sulla maglietta del Doctor Who.

Forse ogni tanto potrei vestirmi da persona seria, tanto per cambiare, pensò mentre slabbrava la cucitura per riuscire a pulire le lenti con il tessuto.

«Ti ho detto mille volte che così li rovini» disse Mariela. Parlava un italiano pressoché perfetto, così come un inglese praticamente privo di inflessioni e un francese da manuale.

Lui, in cambio, parlava l'inglese di tutti gli italiani, cercando disperatamente di accentuare il rotacismo per sembrare un po' più professionale. Almeno con lei, però, poteva concedersi la sua lingua madre. «Non ho la pezzetta...» si schermì.

Lei sorrise di nuovo. «Non hai dormito, oggi?»

In verità un'ombra di accento spagnolo si percepiva in una certa morbidezza delle consonanti, ma a Gabriele piaceva da impazzire, così come gli piaceva Mariela più in generale: un amore impossibile che non avrebbe mai rivelato ad anima viva neppure sotto tortura, figurarsi a lei.

«No... Cioè... sì, forse non abbastanza» ammise.

Quando era di turno al telescopio, ovviamente dormiva di giorno. Già dormire di notte non era una cosa che gli risultasse semplicissima, e farlo di giorno, col corpo che al primo, vago sentore di luce gli imponeva la veglia, diventava una missione pressoché impossibile. Ma lavorava lassù come astronomo di supporto da ormai un anno, e aveva dovuto abituarsi. Chiudeva ogni più piccola fessura delle tapparelle, creava un buio totale e si stendeva nel letto con del rumore bianco nelle cuffie. Dopo due o tre giorni di turni notturni, il corpo si arrendeva, e riusciva a dormire per un sei ore, il minimo sindacale per non essere uno zombi durante la notte. Quel giorno, però, era andata diversamente. Gabriele ebbe un flash di se stesso seduto alla scrivania della propria stanza, nei dormitori, mentre cercava disperatamente di mettersi al lavoro sull'articolo cui stava lavorando da sei mesi. Un progettino in solitaria, che per l'astrofisica stellare, la sua branca di studi, era già una cosa abbastanza insolita: tuttavia, non poteva fare altrimenti. La sua capa, in quel di Roma, gli aveva affibbiato il referaggio di un articolo, e non era un lavoro da poco; le riviste non accettavano articoli senza che fossero stati controllati da scienziati selezionati – che lavoravano gratis, ovviamente –, e la sua responsabile, una luminare del campo, ne riceveva a pacchi, che in buona parte girava a lui. Controllava i dati, la coerenza delle conclusioni, il metodo... All'inizio lo aveva fatto anche con piacere: verificare il lavoro altrui gli sembrava un bel passo avanti e una piacevole responsabilità per un post-doc come lui. Poi, però, era rapidamente diventata una cosa mortalmente noiosa, che peraltro lo distraeva dal pubblicare articoli suoi, attività assolutamente necessaria per riuscire a fare un minimo di carriera. Il contratto che gli era stato offerto dopo il dottorato durava tre anni, per trovarne un altro avrebbe dovuto sgobbare. Così, approfittando della sua condizione di astronomo di supporto in uno dei telescopi più potenti al mondo, aveva raccolto dei dati pubblici e aveva iniziato a studiarli. Non che avesse trovato chissà che, ma sperava di poter quanto meno confermare il lavoro degli altri, che era meglio che niente.

«Confermare le conclusioni altrui è un punto nodale della ricerca» gli diceva la sua capa, quando riusciva a vederla. «Un risultato non replicabile non è un risultato.»

Okay, d'accordo, ma ogni tanto sarebbe stato bello anche *scoprire* qualcosa; non era quello, in fondo, lo scopo della ricerca, come diceva l'etimo?

Comunque, la dura legge del mondo della scienza diceva che dovevi pubblicare per andare avanti, e così quel giorno Gabriele aveva speso preziose ore di sonno per analizzare dati. Quanto aveva dormito? Tre, quattro ore?

«Il sonno è importantissimo per la salute, e anche per svolgere bene il proprio lavoro» disse Mariela.

«È il medico che è in te a parlare?» chiese lui, che nel frattempo aveva recuperato un minimo di verve.

Mariela lavorava nell'infermeria dell'osservatorio; stante la loro posizione isolata da tutto e tutti, nel bel mezzo del deserto, era vitale avere qualcuno che potesse rispondere a qualunque tipo di emergenza. Che a dire il vero non si era mai verificata, né quando era di turno lei, né quando al suo posto c'era qualcun altro. Da Mariela si andava più che altro per il mal di testa e le screpolature, dovute all'altitudine – 2600 metri sul livello del mare – e al bassissimo tasso d'umidità – raramente superiore al dieci per cento. Era così che lui l'aveva conosciuta: fra le altre cose, infatti, Gabriele soffriva l'altitudine, un bel problema per uno che faceva il suo lavoro.

«Lo sanno anche i bambini che il sonno fa bene» continuò Mariela infilandosi le mani nelle tasche del camice.

«Loro in effetti dormono un sacco» sospirò lui. «Niente da fare anche oggi?» aggiunse.

Lei scrollò le spalle. «Per fortuna no; in caso contrario sarebbe un bel problema, no?»

Gabriele non poté che concordare. A volte ci pensava: e se gli fosse preso un infarto? A ventinove anni era improbabile, ma chi poteva saperlo? O magari un ictus... Gli aneurismi colpivano anche i giovani. Intorno a loro non c'era *niente*. Per i casi più estremi poteva arrivare un'eliambulanza, altrimenti l'ospedale più vicino si trovava a miglia e miglia di distanza in mezzo al deserto, lungo il nastro nero d'asfalto che attraversava il nulla, e che Gabriele percorreva due volte al mese per raggiungere l'osservatorio dall'aeroporto più vicino. Meglio non pensarci, si disse.

«Senti, ti va un caffè?» disse lei con un sorriso. «Poi mi fai vedere qualche immagine.»

A volte Gabriele pensava che avrebbe dovuto essere Mariela l'astronoma, e lui il medico. L'ipocondria ce l'aveva, e gli sembrava un buon prerequisito. Lei, invece, era curiosa di qualsiasi cosa. Quando c'era lui di turno, saliva spesso nella *control room* e gli chiedeva di fargli vedere i dati, di spiegarle qualcosa di quell'oggetto astronomico o di quell'altro, e a volte l'aveva persino vista sul parapetto, di notte, a guardare semplicemente il cielo. Non le aveva mai chiesto perché avesse deciso di fare il medico e non l'astronoma, ma la verità era che Mariela era curiosa *di tutto*; fosse vissuta nel Rinascimento, di certo sarebbe stata la versione femminile di Leonardo da Vinci.

Gabriele si batté le cosce con le mani. «Perché no, mi ci vuole davvero.»

Si alzò sperando con tutto se stesso che nessuno lo notasse. In fin dei conti, la *control room*, lo stanzone dal quale si controllavano i quattro telescopi dell'osservatorio, era un'ampia sala bianca punteggiata di scrivanie altrettanto candide, armadi e computer. Un posto sufficientemente grande perché le altre tre persone che al momento lo occupavano potessero non accorgersi di lui che si alzava. E invece Matt li puntò con lo sguardo dall'altro lato della stanza: «Caffè?» chiese.

Gabriele si immobilizzò che ancora non si era del tutto alzato.

«Eh... sì» disse con un sorriso forzato.

«Mi unisco» scattò su Matt. «Qualcuno lo prende con noi?» chiese poi a voce alta col suo inglese britannico.

Hugo, chino sul computer, neppure lo sentì. Pilar, invece, alzò la tazza: «Già fatto» rispose.

L'altro allora fece spallucce e raggiunse Gabriele e Mariela con due salti. Era il più anziano, là dentro, sia in termini di esperienza che anagraficamente. Rosso di pelo, insolitamente scattante e reattivo per essere un compassato inglese, arrivava a malapena al petto di Gabriele, che sfiorava il metro e novanta. «Andiamo?» sorrise.

Gabriele sospirò dentro di sé, senza darlo a vedere: Matt non era male, ma un caffè bevuto solo con Mariela aveva tutto un altro sapore.

Andarono in caffetteria, e Gabriele alla fine optò per un tè.

«Sei il primo italiano che conosco che preferisce il tè al caffè» disse Matt, mentre beveva il suo bibitone. Era difficile spiegargli che non si era mai abituato al caffè americano, e che a mancargli era l'espresso: quando all'università andava coi colleghi al bar e beveva quel concentrato bollente di caffeina, quella sì che era una pausa caffè...

«E tu il primo inglese che preferisce il caffè al tè» rispose Gabriele.

«Nessuno è perfetto» chiosò Matt.

Durante quel turno gli erano capitati colleghi che non conosceva poi così bene; l'inglese era quello a lui più familiare, ma Hugo era un mistero, e Pilar l'aveva incrociata solo in un'altra occasione. Mariela era quella che conosceva meglio.

«La Cutthroat Bitch è arrivata?» chiese Matt dopo il primo sorso.

«Chi?» chiese Mariela, con la tazza sollevata a mezz'aria.

«Immagino tu intenda... la dottoressa Bridges?»

chiese Gabriele abbassando la voce e arrossendo, come al solito.

Matt si limitò ad annuire.

«Dio... perché la chiamate così?» chiese Mariela sorseggiando il suo caffè.

«Io non la chiamo così» puntualizzò Gabriele.

«Sei un medico e non hai visto *Dr. House*?» domandò Matt ignorandolo. «Era una dottoressa stronza della quarta e quinta stagione.»

«Ciò non toglie che sia un brutto soprannome» insistette Mariela.

Era per questo che Gabriele l'amava: sempre corretta, come se il suo scopo nella vita fosse spandere positività tutto intorno a sé. Sorrise di sottecchi mentre versava l'acqua bollente sul filtro del tè.

«Se la conoscessi non diresti così» disse Matt lapidario.

«Tu la conosci?» chiese Gabriele girandosi, e iniziando a mescolare il latte nel tè.

Matt gettò uno sguardo alla tazza. «Persino il latte... Sicuro di non essere inglese?»

Gabriele arrossì ulteriormente.

«Comunque, diciamo di sì, la conosco» fece l'altro, evasivo. «Nell'ambiente è nota: è uno *squalo*, un vero e proprio squalo. Cambia dottorandi come i calzini la mattina, perché nessuno la sopporta, e pubblica a un ritmo folle, folle! Si dice che abbia persino rubato il lavoro dei colleghi», e annegò il pettegolezzo nel caffè.

«La mia capa dice che è molto brava... La stima molto» disse Gabriele, cauto.

Matt lo guardò di sottecchi. «Si può essere bravi e stronzi» chiosò. Poi si voltò di scatto. Dalla *control room* provenivano delle voci. Alzò gli occhi al cielo, quindi prese un grosso respiro. «Meglio togliersi subito il dente.»

Si avviò verso la *control room* come un soldato di fronte al plotone d'esecuzione.

«È così tremenda?» chiese Mariela, interdetta.

«Matt è uno che spettegola, o almeno così mi dicono. Però delle voci sulla Bridges le avevo sentite anch'io. Sai, il mondo dell'astronomia non è così grande, e quello della fisica stellare è veramente un paesello: si sa tutto di tutti» disse in italiano, per sicurezza: là dentro lo parlavano solo lui e Mariela. «Comunque» continuò appoggiando la tazza su uno dei mobili, «andiamo a vedere. Magari ha bisogno di me.»

Si avviarono verso la *control room*, che improvvisamente sembrava affollatissima. Al centro del capannello c'era lei, la famigerata Samantha Bridges, quarant'anni di esuberanza statunitense. Bionda ossigenata, perfettamente truccata, indossava un maglione stretto in vita da una cintura su un paio di leggings neri. Persino gli scarponcini da trekking avevano qualcosa di glamour. Era l'esatto contrario dello stereotipo della ricercatrice, ma di fianco a lei c'era qualcuno che riequilibrava la quota di luoghi comuni. Era una ragazza minuta, vestita con un giaccone da neve e un paio di jeans sdruciti, i capelli castani mossi legati in uno chignon trattenuto in cima alla testa da una matita. Se ne stava qualche passo indietro rispetto a Samantha, e avrebbe potuto tranquillamente passare per la sua figlia quindicenne.

Gabriele si avvicinò, vagamente stupito; avrebbe dovuto sapere quante e quali persone arrivavano per le osservazioni, ma ovviamente quando aveva letto l'ultima comunicazione doveva essere distratto. «Ciao» disse. Aveva evidentemente guardato la ragazza, ma Samantha si frappose con un balzo plastico allungandogli la mano.

«Ciao!» gli disse con un italiano stentato e un sorriso smagliante. «Tu saresti...?» proseguì con un inglese dal forte accento del Sud degli Stati Uniti.

«Pia... piacere, Gabriele Stelle» disse lui, confuso.

«Stelle, *like stars*?» chiese Samantha incredula.

Gabriele annuì.

«Be', era destino, allora!», e rise forte, una risata che aveva qualcosa di falso.

Gabriele si concesse un mezzo sorriso.

«Va bene, la notte è breve, direi di metterci al lavoro» disse Samantha passando di palo in frasca e controllando l'orologio. La ragazza dietro di lei rimaneva impalata, col computer tra le mani e le spalle strette in quello che sembrava un tentativo di occupare meno spazio possibile.

«Ciao, Pinetta, come va?» chiese Gabriele in italiano.

Lei sollevò lo sguardo, quasi sorpresa.

Gabriele e Pinetta si erano incrociati qualche anno prima, quando lui faceva ancora il dottorato e lei era alle prese con la tesi di laurea. Lui le aveva fatto lezione all'università un paio di volte, come assistente della sua capa, e gli era sembrata una ragazza davvero brillante, sebbene un po' timida.

Pinetta si mise un ciuffo ribelle dietro l'orecchio. «Tutto bene, grazie» sorrise guardandolo dal basso verso l'alto. «Tu?»

«Voi italiani» intervenne Samantha, «sempre a fare comunella», e rise di nuovo di quella sua risata sguaiata che Gabriele trovò vagamente irritante.

Matt lo guardò alzando le sopracciglia dall'altro lato della scrivania.

«Allora, telescopio tre» continuò Samantha, «giusto? Chi è che se ne occupa?», e diede un'occhiata in giro. Lo sguardo le cadde su Pinetta. «Tu che fai là impalata? Forza! Abbiamo da fare, oggi.»

In genere, le osservazioni ai telescopi venivano gestite dagli astronomi che vi lavoravano, come Gabriele; chi aveva bisogno di osservare un oggetto scriveva una richiesta, indicando le motivazioni scientifiche della sua istanza e chiedendo un certo lasso di tempo il telescopio, dopodiché una commissione valutava se accettare. A quel punto, se la richiesta andava a buon fine, gli astronomi in loco prendevano le immagini. A volte, però, se le osservazioni erano particolarmente complesse e richiedevano delle decisioni in *real time*, chi faceva la proposta andava direttamente sul posto: a volte addirittura gli veniva lasciato lo strumento tra le mani, in modo che fosse lui a procedere con l'osservazione. A Gabriele era successo durante il dottorato; ricordava ancora con orrore quando l'astronomo di supporto gli aveva chiesto se avesse letto i manuali che gli aveva mandato e, dopo il suo sì, l'aveva lasciato davanti al computer dicendo che lui aveva da fare e che avrebbe dovuto cavarsela da solo. Non era assolutamente la prassi, ma alcuni astronomi di supporto lo facevano, magari perché impegnati in altro. Era andata bene, ma era stata una delle notti più terrificanti della sua vita. Il terrore di toppare le osservazioni – o, peggio ancora, di combinare qualche casino irreparabile col telescopio – gli aveva fatto perdere due chili di sudore.

Quella notte, Samantha era lì per quello, ed evidentemente si era portata dietro Pinetta per insegnarle come si facevano le osservazioni.

Pilar alzò la mano. «Telescopio tre» disse con un forte accento spagnolo.

«Forza, vai» fece spiccia Samantha spingendo Pinetta, che avanzò timida. Nel frattempo, la dottoressa Bridges si prese una scrivania senza chiedere il permesso, mettendoci sopra il suo computer portatile, la tastiera e il mouse esterni. Quando ebbe finito, andò verso Pinetta, che si era già seduta vicino a Pilar e aveva lo sguardo terrorizzato di un gatto in tangenziale. «Ti ha spiegato tutto?» le chiese brusca.

«Io credo...» provò a rispondere Pinetta.

«Perfetto» disse Samantha senza ascoltarla. «Allora tu fai quel che devi, io ho da fare per tutta la notte, quindi vedi di disturbarmi solo se è strettamente necessario, chiaro?» Pinetta si affrettò ad annuire. «E non fare casini» aggiunse l'altra, ritornando verso la sua postazione.

Gabriele poteva avvertire l'irritazione di Mariela, che in quel momento si trovava dietro di lui. «Andiamo a finire di bere il tè?» le chiese speranzoso voltandosi, ma lei aveva le sopracciglia aggrottate e quell'aria decisa che aveva sempre quando qualcosa non le andava giù. La guardò marciare spedita verso Pinetta.

«La notte è lunga, ti va un caffè prima di iniziare?» le disse Mariela in un ostentato italiano quando la raggiunse.

«Ma quanti italiani siete, qua dentro?» protestò Samantha con la solita risata.

«Vieni» tagliò corto Mariela prendendo Pinetta per un braccio. «Dille che vai in bagno» le sussurrò.

«Ma...»

«Pinetta, e allora?» intervenne immediatamente Samantha.

«De... devo andare in bagno» disse la ragazza, insicura.

«Due minuti che poi dobbiamo iniziare» insistette Samantha.

Mariela la trascinò fuori, fino alla caffetteria, e Gabriele le seguì. Quando arrivò, Mariela le stava già porgendo una tazza di caffè. Lui versò il tè, ormai freddo, nel lavandino: non solo gli avevano scippato il suo momento da solo con Mariela, ma gli avevano pure fregato il tè, così se ne preparò un altro.

«Non dovresti farti trattare così» stava dicendo piano Mariela, sempre in italiano.

Pinetta, che apparteneva alla stessa specie di Gabriele, era già arrossita fino alla punta dei capelli. Era graziosa, a parte il fatto che sembrava avere dieci anni in meno, col suo faccino pulito e gli occhi verdissimi; mostrava la magrezza estrema di chi salta i pasti per lavoro, acuita dai vestiti larghi che indossava. Quando Gabriele l'aveva conosciuta non era così; a quei tempi era una studentessa piuttosto curata, persino meno timida. Poi però il lavoro di tesi, invero notevole, l'aveva come prosciugata.

«Ha ragione lei, abbiamo tanto da fare...» disse Pinetta.

«*Hai* tanto da fare: lei che farà, invece?» insistette Mariela.

Gabriele le interruppe; sapeva per esperienza come si sente un dottorando al seguito del suo professore quando arriva in un ambiente nuovo. «Tutto bene, Pinetta?» le chiese mettendole una mano su una spalla. «Le ho fatto un paio di lezioni, sai?» spiegò a Mariela, che cercò di calmare l'indignazione con un altro sorso di caffè.

Pinetta, se possibile, si strinse ancor più nelle spalle. «Sì, tutto okay...»

«Su che stai lavorando, ora?» chiese Gabriele cercando di sfoggiare una certa disinvoltura, sperando che mettesse a suo agio la sua ex studentessa.

«È difficile dirlo» sorrise lei imbarazzata, spostando di nuovo la ciocca impertinente dietro l'orecchio. «Sono all'inizio, e...»

«Certo che con quella là, poi...» non riuscì a trattenersi Mariela.

«Mariela...» provò a calmarla Gabriele.

«Lei... lei è davvero molto brava, per me è un onore lavorare con una delle massime esperte di ammassi aperti al mondo. È stata una fortuna che abbia accettato di prendermi come studentessa» disse Pinetta, quasi avesse imparato a memoria una lezione.

Mariela posò la tazza. «Non lo metto in dubbio, ma questo non significa che sia autorizzata a trattarti in quel modo. Anch'io quando studiavo medicina avevo un responsabile che si sentiva dio in terra, ma bisogna sapersi far rispettare.»

«Pinneta!» urlò Samantha dalla *control room*, sbagliando le doppie del nome.

Pinetta mise giù la tazza come colta in flagrante. «Devo andare» disse chinando la testa, e filò via.

Mariela fece schioccare la lingua e imprecò in spagnolo. Lo faceva solo quando era davvero arrabbiata, e, manco a dirlo, a Gabriele piaceva pure quello.

«Lo sai che è così che funziona...» provò a dirle lui. «È la catena dello sfruttamento, no? Qualcuno avrà brutalizzato la Bridges quando era una studentessa, e lei ora fa altrettanto.»

«*Chorradas!*» sbottò lei. «Sai benissimo che non dovrebbe funzionare così. Non fa bene alle persone, e neppure alla scienza.»

«Pinetta è una ragazza in gamba» disse Gabriele, «ci siamo passati tutti, e lei ne uscirà alla grande. Sai che ha pubblicato la tesi? Era un lavoro di frontiera, ha scoperto che M447 è l'ammasso aperto più antico della nostra galassia.» Sorrise, e gli parve che l'ira di Mariela stesse lentamente sbollendo.

«Non mi pare che tu me ne abbia mai parlato» disse lei, vagamente sospettosa.

«Non è quello che studio io, ma sono oggetti interessanti. La scorsa settimana abbiamo preso un paio di immagini nuove. Se vuoi te le faccio vedere», e le sorrise.

Mariela rispose a bassa voce, provando a insistere: «Lo sai che la mia rabbia è sacrosanta.»

«Ma adesso è inutile, no? Invece, una bella lezione di astrofisica...» disse lui allargando il sorriso.

A quel punto Mariela cedette. «Non so se ringraziarti o odiarti.»

«Meglio la prima», e poi, cautamente, le appoggiò una mano sulla schiena, sospingendola appena verso la *control room*.

Fu in quel momento che la luce andò via.

2

21.30 (UTC–XX)

«Porca paletta!»

In genere Mariela rideva quando Gabriele si esibiva in uno dei moltissimi eufemismi che usava al posto delle imprecazioni. Un lascito della madre, napoletana emigrata in Veneto, che così facendo cercava di proteggere il figlio dalla blasfemia della «gente di lassù», come la chiamava. Era un altro dei vizi che Gabriele non era mai stato in grado di togliersi. Stavolta, però, Mariela non rise.

«Che è successo?»

«Non lo so... ma è grave. Hai un cellulare?»

La sentì frugarsi nelle tasche, mentre un buio densissimo li avvolgeva. Non c'era più abituato: le notti, lassù, erano illuminate o da una Luna gigante o da un'impressionante Via Lattea, così luminosa da proiettare l'ombra. Quel buio lì, pastoso e assoluto, lo associava al giorno, non alla notte, e alla solitudine della sua stanza.

«No...» disse lei sconsolata.

Nel frattempo, voci concitate si erano levate dalla *control room*, e tra loro spiccava quella acuta ed evidentemente adirata di Samantha.

«Okay, dobbiamo procedere a tentoni. Ma perché non è partito il generatore d'emergenza?»

Come risposta, lo spazio che li circondava si accese di una luce fioca, crepuscolare. Dalla *control room* arrivò un sospiro di sollievo.

Gabriele scattò di corsa in avanti.

«Che diavolo è successo?» esplose Samantha non appena lo vide.

«Non lo so» disse lui, volando al suo pc. Si stava riavviando. *Male.*

Sentì Mariela chinarsi su di lui, ma non si lasciò distrarre. «È un black-out?» gli chiese, mentre lui tamburellava disperato le dita sulla scrivania. Il computer ci stava mettendo un'infinità di tempo.

«I vostri come vanno?» chiese Gabriele agli altri tre astronomi di supporto.

«Il mio è morto» disse cupo Hugo.

«Si sta riavviando» rispose Pilar.

«Idem» gli fece eco Matt.

«Mi prenderesti un walkie-talkie?» chiese Gabriele, senza guardare Mariela. Lei capì all'istante la ragione di quella richiesta. All'osservatorio i cellulari non prendevano: se si voleva comunicare con qualcuno, occorreva usare i walkie-talkie.

Gabriele sentì Mariela tornare e poggiare il walkie-talkie sulla scrivania; nel frattempo il computer si era riavviato. C'era una sola cosa da fare: controllare i telescopi. Gabriele lo fece febbrilmente. Il panico iniziò a montare in lui, mentre digitava sempre più veloce sulla tastiera.

«Mi dite come siete messi?» chiese Matt dall'altro lato della stanza.

«Niente» disse Pilar. La sua voce tremava leggermente.

Gli fece eco Hugo: «Gabriele?»

La bocca gli si era seccata all'istante. Si sentiva incapace di proferire parola.

«Gabriele!»

Sussultò. «Niente» disse infine.

«Volete spiegarmi cosa cazzo sta succedendo?» Il passaggio alle imprecazioni di Samantha non era un buon segno.

«Dobbiamo cercare di capirlo» intervenne Matt, la voce leggermente irritata. «Ma non riceviamo alcun dato dai telescopi. Devono essersi spenti.»

Un silenzio gelido avvolse la stanza. La luce fredda e fioca, l'assenza del minimo rumore... tutto faceva pensare a un cimitero.

«Okay, vado a vedere» disse Hugo alzandosi. «Qualcuno chiami Amélie.»

Gabriele finalmente afferrò il walkie-talkie. «Amélie, mi senti?» provò. Rumore di statica. «Amélie?»

«Incredibile... Ma vi capita spesso?» disse Samantha, che si era appoggiata con le spalle al muro, le braccia incrociate.

«Okay, vado a cercarla. Sarà di sicuro alla centrale elettrica» fece Gabriele.

«Vengo con te» disse Mariela.

«E noi?» chiese Samantha, sempre più irritata.

«C'è solo da aspettare» disse Matt, vagamente infastidito.

Gabriele assicurò il walkie-talkie alla cintura e prese il giaccone che aveva appeso all'ingresso. Fuori faceva freddo e tirava un vento teso, lo sapeva.

L'aria esterna li investì con quel tipico effetto da carta vetrata che Gabriele ormai conosceva bene; la combinazione di freddo, bassissima umidità e vento disseccava la pelle in un istante. La prima volta che era stato lì, ricordava che dopo aver visto il tramonto dalla balaustra si era guardato una mano, ed era screpolata: era stato fuori non più di una mezz'ora.

Si tirò su il bavero della giacca. «Sicura che vuoi venire?» disse voltandosi verso Mariela.

Lei annuì.

Gabriele provò ancora una volta con il walkie-talkie. Nel frattempo, si stavano dirigendo verso il piazzale. I telescopi e la *control room* erano separati da tutto il resto – strutture di servizio di vario genere e i due grandi edifici che contenevano uno gli alloggi dei ricercatori, ossia il dormitorio, e l'altro la *guest house* per gli ospiti e la sala mensa, ed erano uniti da una piccola struttura centrale, dove si trovava la reception – da un percorso di cinquecento metri. Qualcuno lo percorreva in macchina, ma i più andavano a piedi, come fecero anche Gabriele e Mariela quella sera.

«Cosa pensi che sia successo?» chiese infine lei.

«Non ne ho idea... O meglio, un black-out, certo, ma s'è spento tutto, telescopi compresi, e riaccenderli non è come premere un interruttore. Questo è un casino grosso... Hugo è andato a vedere se i telescopi sono okay. Se si sono bloccati in posizione osservativa, con la cupola aperta e tutto... non è un bene.»

Il silenzio di Mariela diceva più di mille parole.

Arrivarono alla centrale elettrica, un cubo di cemento chiuso da una porta tagliafiamme, ora aperta.

«È là» disse Gabriele accelerando il passo. Infilò la porta urlando il nome di Amélie.

La donna emerse da un corridoio pieno di cavi imprecando in francese. Era piccola e grassoccia, nera di capelli e con un unico sopracciglio folto che le sormontava entrambi gli occhi. «Ah, sei tu» disse in inglese.

Gabriele l'aveva vista un sacco di volte, ma non poteva dire di conoscerla troppo bene. Si erano incrociati in mensa e in dormitorio, ma non aveva mai avuto bisogno di lei durante i suoi turni. Gli era sempre sembrata una donna piuttosto indolente; aveva perennemente stampata sul volto un'espressione di sommo disgusto, per il mondo e tutto quanto, e non l'aveva mai vista parlare con qualcuno se non per questioni di lavoro.

Al disgusto, ora, si era sovrapposta la preoccupazione, che lesse nei suoi occhi mentre Amélie spostava rapidamente lo sguardo verso Mariela e poi di nuovo su di lui.

«È qui per Jorge?» disse.

Gabriele la guardò senza capire. «Eh?»

«Jorge si è sentito male?» chiarì Amélie.

Gabriele non sapeva a chi si riferisse con quel nome, così glissò.

«Mariela mi ha solo accompagnato fin qui. Che è successo?»

«Stavo per chiamarti, vieni» disse Amélie.

Lui e Mariela seguirono la schiena grassa di Amélie attraverso intrichi di tubazioni e cavi che correvano lungo la parete. Si fermarono davanti a una di quelle enormi cabine piene di fili e interruttori che Gabriele avrebbe associato istintivamente all'espressione "impianto elettrico". Amélie glielo mostrò sollevando un braccio, come se la scena fosse esplicativa di per sé. In effetti c'era del fumo e qualcosa di rotto, ma Gabriele non era in alcun modo in grado di interpretare cosa fosse successo.

«Ehm...» iniziò a balbettare.

«Qualcuno l'ha fatto andare in corto» disse Amélie levando gli occhi al cielo, come se fosse fin troppo evidente.

Gabriele sentì dei brividi gelati scendergli lungo la schiena, e non si trattava di freddo. «In che senso... qualcuno?» riuscì ad articolare dopo un po'.

«È un sabotaggio?» tagliò corto Mariela.

Amélie si limitò a guardarla.

Gabriele si appoggiò alla parete. Fece mente locale. «Che giorno è oggi?»

«Giovedì» rispose Mariela.

«Quindi non è giorno di visite...» Durante il weekend, l'osservatorio era visitabile dai privati. Succedeva ovviamente di giorno, e i tour erano strettamente guidati.

«Gabriele, ma che cazzo stai dicendo?» lo aggredì Amélie. «Questa non è una roba che possa fare un turista; quelli poi fanno le visite guidate, e la centrale elettrica non è tra le attrazioni.»

Gabriele si passò una mano tra i ricci biondi. Li portava più lunghi del dovuto, almeno a sentire sua madre ogni volta che lo vedeva durante una videochiamata, ma ringraziò di non esserseli tagliati, perché poté afferrarseli e tirarli leggermente, per tornare presente a se stesso. Poi, un'illuminazione lo colpì.

«Cosa dicevi di Jorge?»

«Che facciamo, ora?»

Gabriele non lo sapeva. Stavano tornando a grandi passi nella *control room*, per avvisare gli altri di quanto avevano scoperto. «Immagino che dovremo chiamare la polizia. Qui si tratta di danni per milioni di euro, non si scherza... e non possiamo neppure accusare un tizio così, solo perché non è arrivato quando la sua capa l'ha chiamato.»

«Che casino...» disse Mariela.

Raggiunsero la *control room*; sulle scale, c'era Hugo che fumava.

«Tutto okay ai telescopi?» chiese Gabriele.

Hugo soffiò via il fumo. «Tutto spento. Le cupole sono aperte, le prese d'aria sono rimaste com'erano, per fortuna mezze chiuse per via del vento.»

Le cupole all'interno delle quali si trovavano i telescopi avevano una serie di prese d'aria che si aprivano e chiudevano a seconda delle condizioni meteorologiche, per evitare che turbolenze interne all'edificio dovute a differenze di temperatura disturbassero le osservazioni, e per proteggere i telescopi in caso di vento eccessivo.

«E i telescopi?»

«Allo zenith.»

«Almeno quello!»

«Tutti tranne il 3» aggiunse però Hugo.

«Cazzo!» Stavolta neppure l'imprinting materno lo fermò dall'imprecare.

«Che vuol dire?» chiese Mariela.

«Vuol dire che i telescopi sono in posizione dritta, così» rispose Hugo, e fece un gesto con la mano per indicare la posizione verticale, «e questo è un bene; quando osserviamo, i telescopi rimangono inclinati anche a lungo, e va bene, ma non sapendo quanto tempo ci vorrà perché ritorni la corrente, è meglio che stiano in posizione di sicurezza. Il fatto che il 3 non sia tornato in posizione, quindi, è un male.» Aspirò dalla sigaretta.

«Ma perché gli altri sì e il 3 no?» chiese Gabriele.

Hugo scrollò le spalle. «Dipende dal danno elettrico, immagino. Gli altri hanno usato l'elettricità ausiliaria, la stessa dei pc, ma nella *control room* si sono spenti tutti da un po'.»

Gabriele dovette impedirsi di imprecare ancora. «Quindi siamo solo con le luci d'emergenza...»

Hugo annuì.

Seguì un minuto di silenzio.

«E poi ci sono i termostati» aggiunse Hugo, cupo.

Gabriele si diede una manata sulla fronte.

«Cioè?» chiese di nuovo Mariela.

«Tutti i rivelatori montati sui telescopi, tutti gli strumenti, insomma» s'inserì Gabriele, «vengono raffreddati da un sistema a elio liquido. Serve sempre per fare delle buone osservazioni. Senza corrente sono spenti. Non dovrebbe succedere niente ai macchinari, ma...»

Hugo gettò la cicca a terra. «Io non ho mai visto una cosa del genere, tu?»

Gabriele lo guardò, ma non riuscì a parlare. Semplicemente, scosse la testa.

Hugo schiacciò il mozzicone. «Andiamo, dai.»

Dentro, la situazione poteva sembrare immutata, tranne che per un paio di particolari: a Gabriele la luce parve ancora più fioca, e poi mancava Samantha.

«E la Bridges?» chiese.

«Ha detto che si era dimenticata una cosa nella sua stanza nella *guest house*» disse Pinetta. La voce le tremava, sembrava scossa.

E il peggio te lo devo ancora dire, pensò Gabriele.

«Vabbè, non ha importanza. Allora, immagino che Hugo vi abbia già detto dei telescopi.» Tre teste annuirono. «Bene, io sono stato da Amélie e... non è una cosa bella, okay?» preparò il terreno. «C'è stato un sabotaggio.»

La *control room* parve letteralmente esplodere. Gabriele si sentì almeno consolato dal fatto che qualcuno pensò subito ai turisti: quindi non era stata un'idea così scema come gli aveva fatto credere Amélie.

«Ma si può riparare?» chiese Matt.

«Amélie non lo sa. La notte, comunque, è perduta.» Gemiti. «E forse anche di più. Occorre tirare su tutto il sistema, e non è facile...»

Altri gemiti, quindi silenzio.

«Certo, proprio la sera che c'è quella stronza... Sai quanto si lamenterà?» osservò Matt.

«Senti, adesso non mi pare il caso, okay?» intervenne Gabriele, con un polso che stupì lui per primo. Lo shock iniziale era passato, e la testa gli si stava snebbiando. «Non sappiamo che fine abbia fatto Jorge.»

«Chi?» chiese Pilar, presa in contropiede.

«È un ingegnere che era di turno stanotte. Amélie aveva convocato tutti, ma lui non è arrivato, e quando ha provato a chiamarlo nella stanza non ha risposto.»

Calò un nuovo silenzio, pesantissimo.

«Forse sta male...» provò Pinetta, la voce dell'innocenza.

Gabriele ci si attaccò come un naufrago alla scialuppa. «Esatto. E infatti io volevo andare nella sua stanza per vedere come sta, perché se sta male...»

«Gabriele...» esalò Pilar.

Lui provò a guardarla. Era una sua impressione o la luce là dentro si stava facendo sempre più fioca? Non aveva idea di quanta autonomia avessero le luci d'emergenza. «Cosa?» disse con la gola secca.

«Amélie ti ha detto che è un sabotaggio, no?», e non andò avanti.

Chi diavolo era Jorge, in fondo? Non ne aveva la più pallida idea. Amélie gli aveva detto dove si trovava la sua stanza nei dormitori, ma per quanto provasse a sforzarsi non riusciva a collegare quel nome ad alcun volto. Del resto, non è che avesse mai avuto grandi contatti con gli ingegneri, perché finché le cose funzionavano, a dire la verità, non ce n'era bisogno.

«Sentite» intervenne Mariela, e Gabriele era un tale fascio di nervi che saltò su come fosse esploso qualcosa. «La situazione, a quanto mi ha detto Gabriele, è grave. Qui stiamo parlando di un reato, una cosa grossa che fra l'altro ci sta mettendo tutti in pericolo.» Il silenzio si fece più denso. «Quindi, prima di accusare chicchessia di una cosa del genere, ecco, io ci penserei bene.» Gabriele sospirò. Non si era reso conto di aver trattenuto il fiato fino a quel momento. «Per cui, io e Gabriele andremo a vedere se Jorge sta bene, e magari voi intanto cercate di rimettervi in contatto con Amélie o provate a fare... quello che si fa in una situazione come questa.»

«Non abbiamo mai fatto niente, in *una situazione come questa*, perché una situazione come questa non c'è mai stata!» Hugo batté il pugno sul tavolo. Il tono della sua voce si era alzato man mano che parlava.

«Allora cerchiamo di stare calmi» provò a mediare Gabriele. «È una brutta situazione, su questo non ci piove, ma Amélie e gli altri stanno provando a ripristinare almeno la corrente. Io direi che starsene qui al buio non ha senso. Voglio dire, in ogni caso la notte è persa, non c'è modo di riavviare tutto in... quanto?» Guardò l'orologio. «Sette ore? È assolutamente impossibile.»

«E quindi cosa proponi?» chiese Matt.

«Di andarcene a letto» rispose, ma gli venne fuori meno convinto di quanto sperasse. Perché, con quel casino di cui si ignorava ancora l'autore, era difficile che qualcuno avesse voglia di dormire.

E infatti Matt insorse. «Ma dici sul serio?»

«E che altro possiamo fare?»

«Scusate...» La voce era così sottile che praticamente solo Gabriele la sentì. Era Pinetta, impalata di fianco alla porta. «Io...»

«Dimmi» la incoraggiò lui.

«Io penso che me ne andrò» disse con un filo di voce. «Cioè, non so niente di come si gestisca questo posto, non posso essere d'aiuto in alcun modo, e...» La sua voce si stava facendo lamentosa.

«Ma certo, figurati!» disse Gabriele, al quale i dottorandi facevano sempre tenerezza. Lui aveva conseguito il suo dottorato appena un anno prima, e ricordava quel periodo come uno dei più faticosi della sua vita.

«Vuoi che ti accompagni qualcuno?» chiese mentre Pinetta varcava la porta in silenzio.

«No, no! Mi ricordo la strada per la mia stanza...» disse, e scomparve oltre la soglia.

«Forse qualcuno doveva andare con lei» osservò Hugo.

«Forse dovremmo *tutti* andare con lei» disse Mariela. «Comunque, io devo andare nel dormitorio a vedere se Jorge sta bene...»

«A questo punto direi più se Jorge *sta*...» ribatté Matt.

Lei ignorò quell'allusione. «Voi regolatevi di conseguenza» disse poi, e uscì.

Gabriele la seguì a ruota. «Vengo anch'io!» esclamò mentre lei scendeva le scale.

Lei si girò sorridendo. «Lo so.»

Gabriele camminava con lunghe falcate, la testa china. Mariela, che era più bassa, trotterellava rimanendo qualche passo indietro. Incredibilmente, la luce che c'era là fuori, prodotta solo dalle stelle essendoci Luna nuova, gli metteva addosso meno disagio di quella fredda delle lampade d'emergenza nella *control room*. Era come se fosse più calda, meno minacciosa, più naturale.

«Non riesco mai a uscire senza alzare la testa» disse d'un tratto Mariela, e Gabriele sentì la sua voce attutita, come se provenisse da un po' più lontano rispetto a prima.

Si girò e la vide a qualche metro di distanza, col naso all'insù. Le sorrise, tenero.

«Ma non è serata da guardare le stelle, vero?» aggiunse Mariela abbassando la testa decisa. «Andiamo a chiarire il mistero» disse poi, avanzando rapidamente.

«Secondo te dobbiamo chiamare la polizia subito?» chiese Gabriele.

«Mi pare di capire che il peggio è già successo, no? È tutto in mano agli ingegneri, ora. Noi controlliamo se Jorge sta bene, poi ci pensiamo. Per ora le nostre sono solo congetture.»

Gabriele era ancora ammirato: Mariela era sempre pratica, sempre controllata... E lui? Non era neppure riuscito a convincere quella gente ad andarsene a dormire, l'unica cosa utile da fare in un momento come quello.

Erano in vista dei dormitori, una costruzione in cemento parzialmente affondata nel pietrisco del deserto. Di lato, pressoché attaccata, connessa all'altra da un breve corridoio dalle pareti in cemento, c'era la *guest house*, la struttura dove risiedevano gli ospiti. I due edifici si assomigliavano, non fosse stato che quello della *guest house*, al cui interno c'era anche la mensa, era leggermente più ampio e sormontato da una cupola che a malapena si intravedeva. Non c'erano sorgenti luminose artificiali, là fuori, a parte alcune lucine rosse che indicavano il tracciato della strada, perché anche la più piccola luce poteva disturbare le osservazioni, ma quella notte le due sagome scure facevano tutto un altro effetto, come dei mostri spiaggiati su un litorale senza mare.

Erano quasi arrivati all'edificio quando sentirono un urlo, mentre una figurina appena visibile sotto il cielo luminoso correva verso di loro.

3

22.30 (UTC–XX)

Non gli ci volle molto per capire che era Samantha: i capelli biondi svolazzavano brillanti sotto la luce delle stelle come in una pubblicità di shampoo, e la silhouette tonica spiccava mentre correva verso di loro. Urlava.

«È successa una cosa gravissima!»

«Ottimo... Ma non sarà che questa porta un po' sfiga?» commentò Gabriele a mezza bocca.

Mariela gli diede una gomitata tra le costole.

«Che è successo?»

La donna si fermò davanti a loro, affannata, le mani appoggiate sulle cosce mentre, china, cercava di riprendere fiato. Era molto meno glamour rispetto a quando era entrata nella *control room*, ormai Gabriele non avrebbe neppure saputo dire quante ore prima. Al tempo stesso sembrava essere passato un attimo e un'eternità. Comunque, doveva essere davvero una cosa grave, e lui sentì il cuore fare un balzo.

«Mi hanno rubato i dati.»

Gabriele cercò di capire cosa intendesse, anche se era evidente che gli mancavano dei pezzi. «Che dati?» chiese.

Samantha lo guardò come fosse scemo. «I dati del mio ultimo articolo, dannazione, quelli che stavo riducendo!»

Gabriele continuava a brancolare nel buio. «Senti, mi devi spiegare per bene, perché francamente non sto capendo.»

Samantha alzò gli occhi al cielo, e lui quasi si aspettava che battesse un piede a terra, come fanno i bambini.

«Mi ero portata da lavorare. Mi hai sentito prima, no?» Certo, quando aveva abbandonato Pinetta al telescopio, come dimenticarlo. «Era tutto su un hard disk esterno, che pensavo di aver lasciato in stanza. In verità ero sicura di averlo messo nella borsa, ma non c'era, e...»

«Okay, una cosa per volta» la interruppe Gabriele. «È per questo che eri andata via dalla *control room*? Cercavi l'hard disk?»

Samantha annuì. «Sono andata a cercarlo in stanza ma non c'è, da nessuna parte. È una cosa gravissima.»

Gabriele si prese qualche secondo. «Scusa, non ti basta recuperarli? Con cosa erano stati presi, con questi telescopi? Magari qualche mese fa?»

«Ma sei scemo?» sbottò Samantha. «Erano riduzioni! Li stavo già riducendo! I dati grezzi certo che li ho... ma per chi mi hai preso, per una dilettante?»

Nella mente di Gabriele passarono tutti i ponti che si stava bruciando facendo incazzare Samantha Bridges, una luminare della fisica stellare che faceva referaggio per un sacco di riviste e che avrebbe potuto mettergli i bastoni tra le ruote in mille modi. «Hai ragione, scusa, sono un idiota» cercò di metterci una pezza, mentre avvertiva distintamente lo sguardo di riprovazione di Mariela dietro di sé. «Avevi fatto un backup?»

Samantha rimase interdetta. «Forse... io... Ma è grave! Mi rallenta tutto il lavoro! C'è un gruppo concorrente che sta lavorando sullo stesso oggetto, sai cosa significa? Che se mi fregano l'articolo ti considererò direttamente responsabile!»

Quindi non aveva il backup. Gabriele non si stupì; alla fine, non era una pratica così diffusa. C'era chi si dimenticava, o magari lo faceva una tantum, e se succedeva qualcosa al supporto, si perdeva tutto. Samantha era stata incauta, ma questo non cambiava di una virgola la sua posizione: rischiava davvero di veder svanire tutto il suo lavoro e di dover ricominciare da capo. I dati ridotti erano quelli dai quali era già stato estratto il contenuto scientifico, pronto per l'analisi; era una procedura che, nella fisica stellare, poteva prendere anche diverse settimane, a seconda della mole delle immagini da esaminare. Samantha non aveva poi tutti i torti a essere così sconvolta.

«Okay, va bene, adesso però dobbiamo fare una cosa, prima di tutto» disse comunque Gabriele, cercando di apparire rassicurante.

«Scusa, ma non c'è niente di più importante che il lavoro di un astronomo venuto qui a osservare: ma ti rendi conto della gravità di questo fatto o devo farti un disegnino? Hai mai fatto il ricercatore, o stare qui a girare telescopi ti ha rincitrullito?»

«Anche la salute di una persona è importante, almeno quanto il suo lavoro, se non di più» intervenne a gamba tesa Mariela.

Samantha si bloccò; Gabriele ponderò se fosse il caso di intervenire, ma in fin dei conti il fatto che qualcuno rimettesse al proprio posto Samantha non gli dispiaceva. Bastava che a farlo non fosse lui.

«Perché, che altro è successo?» si riprese la donna.

Mariela l'aggiornò brevemente sugli ultimi sviluppi.

«Ma allora è stato lui!» tuonò Samantha.

«Non lo sappiamo; è un sabotaggio, ma...» provò a spiegarle, con calma, Mariela.

«Ma chi se ne frega del sabotaggio! I miei dati, intendo! Ha staccato la corrente per creare confusione e approfittarne per prendere i miei dati!»

A Gabriele sembrava un discreto vaneggiamento: perché un ingegnere qualsiasi avrebbe dovuto interessarsi dei dati di un'astronoma, e per di più mettere in piedi un tale casino solo per impossessarsene? In quel momento, però, quelle domande non avevano importanza: doveva tenere a bada Samantha e risolvere l'enigma di Jorge. «Okay, senti, noi stiamo andando nella stanza di Jorge, per capire se...»

«Va bene, vengo con voi» lo interruppe Samantha, dopodiché avanzò di gran carriera verso i dormitori.

Mariela la seguì.

«Aspetta!» Gabriele si accodò a loro.

Quella notte stava lentamente scivolando verso il delirio.

I dormitori non erano altro che una serie di stanze allineate lungo un corridoio di cemento nudo. Tutto era molto minimale, com'era uso dell'architetto di grido che aveva costruito gli edifici "civili" dell'osservatorio. A Gabriele ricordava un po' una prigione, con tutto quel grigio, ma una sua amica architetta, quando l'aveva visto, era andata in brodo di giuggiole: «Tu non capisci... la semplicità delle linee, la purezza delle forme...»

L'unica nota stravagante era la moquette, grigia con stampate delle righe di codice: erano i comandi usati nei software di analisi dei dati astronomici, che in genere gli astronomi si scrivevano da soli, per lo più modificando il lavoro di chi li aveva preceduti. Gabriele la prima volta ne aveva pure riconosciuto qualcuno, e si era perso a seguirli lungo il corridoio.

Sopra ogni porta, di legno scuro, c'era un'applique; in genere il corridoio era fiocamente illuminato da quelle, che quanto meno spargevano una luce calda e tutto sommato rassicurante. Quella notte, però, c'erano solo le luci d'emergenza, fredde, e quel posto sembrava una corsia d'ospedale. Gabriele ringraziò che con lui ci fosse Mariela, perché se Jorge stava male, se era successo qualcosa di brutto... Scacciò quel pensiero.

Amélie gli aveva detto dove dormiva l'ingegnere, e andarono diretti alla porta.

«Sfonda, su» partì in quarta Samantha.

«Non credo proprio» disse secca Mariela, che si fece avanti e bussò.

«Signor Torres? Signor Torres!» Era il cognome che gli aveva detto Amélie.

Silenzio.

Mariela guardò Gabriele.

«Se sta male dobbiamo entrare comunque, no?» disse lui.

Lei annuì. «È che sfondare mi sembra un po' eccessivo...»

Samantha diede un calcione alla porta. Gabriele e Mariela la guardarono a bocca aperta. «Stiamo solo perdendo tempo, no?» disse lei, stringendo i denti. Doveva essersi fatta male.

«Va bene, stiamo calmi... C'è un passe-partout.» Mariela imprecò in spagnolo. «Ne ho una copia in infermeria. Vado e torno», e scattò fuori.

Gabriele rimase solo con Samantha. La donna se ne stava appoggiata al muro, le braccia conserte, una vaga espressione di fastidio ancora dipinta sulle labbra. «Ti sei fatta male?» disse provando a rompere quel silenzio imbarazzante.

Lei lo guardò storto. «Non è niente rispetto a quello che vi farò se non trovo i miei dannati dati.»

Mariela tornò in un lampo, il passe-partout in mano; del resto, l'infermeria era di fronte al dormitorio, bastava attraversare la strada.

«Vado io, va bene?» disse, ma in verità stava già infilando la chiave nella toppa, probabilmente, pensò Gabriele, temendo che Samantha potesse entrare come una furia selvaggia.

La serratura scattò e davanti a loro si aprì lo spettacolo della stanza di Jorge Torres. Era identica a tutte le altre camere dei dipendenti dell'osservatorio; anche lì dentro le pareti erano di cemento nudo, seppure abbellito da una serie di intarsi realizzati con lo stesso legno della porta. C'erano una scrivania con sopra un televisore e un portatile chiuso, un tavolino e due poltrone bianche, una specie di cabina armadio all'interno della quale pendevano, a vista, dei vestiti, tra cui le tute da lavoro di Jorge. Alcune grucce erano vuote e in disordine, e Gabriele pensò che si trovassero nella posizione in cui si mettono quando si toglie qualcosa di fretta dall'armadio. Erano appese sopra un cassettone evidentemente destinato a ospitare il resto della biancheria. Una porta dava accesso al bagno. Lo spazio era piuttosto ampio, e Gabriele riconobbe la stessa identica struttura della sua stanza. A cambiare erano solo le cose che i vari dipendenti applicavano sulle pareti: qui c'erano un bel po' di foto di telescopi e disegni infantili di vario genere appesi con delle puntine colorate. Sulla scrivania, poi, c'era la foto di tre bambini piccoli, senza genitori. Gabriele ebbe la sensazione che qualcosa non tornasse, ma era solo un'impressione vaga.

E poi, ovviamente, c'era il letto. Dove non c'era nessuno, tranne il cartellino da lavoro di Jorge. Gabriele si avvicinò; la foto, serissima, ritraeva un tizio dalla pelle ambrata, pelato, col pizzetto e i baffi sottili. Cercò disperatamente di ricordare se gli fosse capitato di vederlo, ma nulla, tabula rasa.

«Direi che abbiamo la nostra risposta» commentò Samantha, distogliendolo dalle sue riflessioni.

«Non ancora» disse Mariela con la voce tesa.

Gabriele capì all'istante: se Jorge non si era presentato al lavoro e non si trovava in quella stanza, dov'era? Perché il cartellino, che avrebbe dovuto portare sempre con sé, era sul letto? Sentì le mani ghiacciarsi, la bocca seccarsi istantaneamente mentre Mariela andava verso la porta del bagno. Bussò. «Signor Torres?»

Nessuna risposta.

Gabriele trattenne il fiato mentre Mariela apriva la porta.

Non fanno tutti così?, pensò. Non si impiccano tutti nella doccia?

Ma c'era ancora quella vaga sensazione, l'impressione che mancasse qualcosa.

Il bagno sembrava vuoto. Lo sguardo di Gabriele si spostò immediatamente sulla doccia, e anche Mariela si diresse lì senza esitazione e la aprì di botto.

Vuota.

«Se n'è andato» insistette Samantha. «Bastava guardare lo specchio.»

Mariela e Gabriele si girarono. Sul vetro sopra il lavandino, con la schiuma da barba c'era scritto: FUCK YOU ALL.

«Ma che senso ha?» disse Gabriele. «Cioè, perché fare tutto questo casino e lasciare qua i vestiti e...»

«Perché è uno stronzo» disse Samantha, «uno stronzo che si è preso i miei dati.»

Gabriele la ignorò e guardò Mariela. «Ho ragione o no?»

Anche lei sembrava perplessa. «Senti» disse infine dopo qualche secondo, «io credo che non siamo noi a doverci fare queste domande. Jorge qui non c'è, è scappato, e con ogni probabilità è lui l'autore del sabotaggio...»

«E del furto dei miei dati» insistette Samantha.

«E del furto dei suoi dati» ammise Mariela di malavoglia. «Ma qui sono stati commessi dei reati, e l'unica è chiamare la polizia.»

Gabriele non poteva che concordare.

«Quello però intanto scappa con la mia roba» continuò Samantha.

«Ci penserà la polizia a fermarlo» disse lui. «Siamo... Quanti? Sei astronomi...»

«Una manco lo è...» puntualizzò lei, e Gabriele si sforzò si sorvolare.

«Sei astronomi, un medico e quattro ingegneri. Abbiamo fatto quel che potevamo, questa è una cosa che va oltre le nostre capacità.»

Samantha sbuffò. «Sbrighiamoci allora» tagliò corto.

Gabriele tirò un sospiro di sollievo. Quella notte infernale stava per concludersi. Eppure...

Gettò uno sguardo al pc sul tavolo.

«Scusate, a me però le cose non tornano», e si sedette aprendo il laptop.

«Ancora a perdere tempo?» insorse Samantha,

stavolta – Gabriele dovette ammetterlo – non del tutto a torto.

«Chiamo io» disse Mariela spegnendo la polemica sul nascere. Ogni stanza era attrezzata con un telefono fisso, con cui si poteva comunicare anche con l'esterno.

Gabriele si concentrò sul laptop. Perché Jorge aveva lasciato dietro di sé un oggetto così prezioso?

La cosa che gli balzò subito all'occhio fu che non era protetto da alcuna password, il che era piuttosto strano. Inoltre, il programma della posta elettronica era aperto. Non c'erano molte mail: sembrava che Jorge non ne ricevesse granché, o forse era solito cancellarle spesso, un'abitudine che la gente comune raramente aveva.

Gabriele andò sulla prima della lista, che appariva già letta. L'aprì, ma venne immediatamente distratto dalla voce di Mariela.

«Non funziona.»

Tanto lui che Samantha la guardarono. Teneva la cornetta in mano ed era evidentemente perplessa.

«Non c'è proprio segnale.»

Gabriele sentì una stretta di panico alle tempie, ma cercò di mantenere la calma. «Magari è rotto» commentò.

«Oppure il problema è più ampio...» disse Mariela, e lo guardò.

Gabriele cercò di non pensare alle implicazioni di quella risposta. «Ci sono altri telefoni, possiamo provare da altre stanze, e...» Il walkie-talkie che teneva alla cintura emise un paio di *bip*. Lo portò alla bocca. «Sì?»

«È peggio di quanto pensassimo» rispose la voce di Amélie. Non aveva nulla dell'indolenza che Gabriele ricordava: era tesa e preoccupata.

«Cioè?»

«Abbiamo cercato di contattare qualcuno all'esterno, ma i telefoni sono stati tagliati fuori.»

I tre nella stanza si guardarono. *Niente polizia.*

«Mi stai dicendo che non ne funziona *nessuno*?» domandò Gabriele.

«I fili sono stati tagliati, genio, se no non ti avrei detto che siamo isolati.»

Gabriele inghiottì l'insulto insieme alla pochissima saliva che gli era rimasta in bocca.

«E non è finita» aggiunse Amélie.

Stavolta Gabriele alzò gli occhi al cielo. Era ateo dall'età di dodici anni, ma le cose si stavano mettendo così grottescamente male, quella notte, che era pronto a pregare qualsiasi divinità purché si aggiustassero il prima possibile. «Okay, dimmi» si preparò.

«Tutte le macchine hanno le ruote tagliate. Siamo bloccati qua.»

4

23.30 (UTC–XX)

«E adesso?» chiese Samantha, che sembrava momentaneamente incapace di articolare pensieri più complessi.

Anche Gabriele non aveva idee sul da farsi, e quando guardò Mariela si accorse che pure lei era stata presa alla sprovvista. Nessuno di loro si era mai trovato in una situazione del genere, più simile a un film che alla vita vera, e non sapevano cosa fare.

«Che stavi cercando nel computer di Jorge?» chiese infine Mariela, forse solo per dire qualcosa.

Gabriele, però, ebbe una specie di illuminazione. «Ah, sì. Volevo capire che senso abbia tutto questo» disse. «Insomma, uno non fa questo casino per poi scomparire, peraltro lasciandosi dietro le foto e i disegni dei figli, senza una ragione.»

«Magari è matto e basta» disse Samantha.

«Anche i matti hanno una loro logica» replicò Gabriele. «E poi magari nel computer c'è qualche indizio su dov'è...»

«Senti, mentre tu giochi a Sherlock Holmes io ho altro da fare. Hai detto che questo tizio è andato via lasciandosi dietro della roba: magari il mio hard disk potrebbe essere qua dentro.»

Era un'idea piuttosto debole; innanzitutto Gabriele dubitava che quel tizio potesse aver rubato i dati di Samantha – *se* qualcuno li aveva davvero presi, cosa che continuava a sembrargli un po' improbabile, e Samantha non li aveva semplicemente dimenticati da qualche parte –, ma se anche le cose fossero andate così, trovava francamente stupida l'idea che potesse averli nascosti là dentro; tuttavia avrebbe tenuto occupata Samantha per un po', e questa gli sembrava una buona cosa. «Okay» disse scrollando le spalle.

«Scusate» intervenne Mariela, «va bene che la scritta sullo specchio è una specie di confessione, e che è probabile che Jorge abbia causato il black-out, e a questo punto anche sabotato le auto, ma non sarebbe meglio tenere la scena del crimine, come dire, intonsa? Adesso siamo isolati, ma i danni possono essere riparati, e magari con la luce del giorno...»

«Passare un'intera notte a far niente mentre i miei dati, il mio lavoro, *la mia vita*... Chissà dove sono...» urlò Samantha.

Gabriele guardò Mariela, e lei capì.

«Va bene, d'accordo, tu cerchi nel pc e noi diamo un'occhiata in giro, ma con discrezione, va bene?»

Gabriele si concentrò sul pc. Lesse la mail. Una delle risposte che cercava arrivò all'istante: il messaggio proveniva dalla dirigenza stessa dell'osservatorio. Conteneva un allegato che in sostanza era una lettera di licenziamento. A essere interessante non era però il fatto in sé, che comunque spiegava almeno in parte il comportamento di Jorge: erano piuttosto le motivazioni a fornire un indizio su quanto era accaduto quella notte.

«È stato licenziato» disse Gabriele. I vaghi rumori che fino a quel momento aveva tenuto al margine della coscienza sfumarono, e Mariela e Samantha si avvicinarono al computer.

«E ha fatto tutto questo casino... per questo?» chiese Mariela.

«No, non credo. Leggi.»

«Non abbiamo tempo per queste stronzate» disse Samantha.

Gabriele si girò. «Se pensi che Jorge abbia rubato i tuoi dati, qui potrebbe esserci la risposta.»

Samantha alzò gli occhi al cielo. «Va bene, ma fammi un riassunto.»

«L'osservatorio lo licenzia perché ha falsificato alcune informazioni che aveva messo nel curriculum.»

«Ma non le controllano prima?» chiese Samantha.

«Immagino di sì, ma lui era un tecnico, forse

non c'era bisogno di tutti questi controlli...» Si alzò e si guardò intorno. Samantha e Mariela erano partite dal letto e adesso stavano ispezionando i comodini. Il resto della stanza non era stato ancora toccato.

Gabriele aprì i cassetti della scrivania. *Niente.* Andò verso il cassettone. *Bingo.*

Tirò fuori un passaporto e lo mostrò alle due donne.

«Nessuno si dà alla macchia senza portare con sé il passaporto.»

«E quindi? Non capisco» iniziò a innervosirsi Samantha.

«E quindi probabilmente la cosa non si limita alla semplice falsificazione della lettera di raccomandazione. Quest'uomo stava fingendo di essere qualcun altro» disse Mariela.

«Esatto» aggiunse Gabriele. «Del resto non ha preso i disegni dei figli, e poi la foto dei bambini è strana: sembra una di quelle immagini stock che si trovano su internet... La ragazzina mi pare addirittura di averla vista in qualche meme.»

Mariela sembrava impressionata, e Gabriele avvertì un principio di rossore al viso, che cercò di soffocare continuando con le sue congetture.

«Questo spiegherebbe anche tutto il casino in cui ci ha cacciati: ci ha distratti col black-out, poi ci ha impedito di muoverci e contattare l'esterno, in modo tale da guadagnare tempo.»

«Ha senso. Cavoli, sei bravo a investigare» gli sorrise Mariela, e questa volta Gabriele non poté in alcun modo evitare di arrossire fino alla punta dei capelli.

«E spiegherebbe anche perché ha preso i miei dati!» esplose Samantha.

Gabriele la guardò interrogativo.

«Qualcuno deve avergli commissionato il furto. Tu immagini che quest'uomo fosse un criminale, no?» Gabriele continuava a essere confuso. «Qualche mio rivale voleva rallentarmi e gli ha commissionato il furto del mio hard disk, che adesso se ne sta andando via da qui diretto chissà dove. Mi ero domandata perché un ingegnere potesse volere i miei dati, e ora è tutto chiarissimo!»

Gabriele e Mariela si guardarono.

«Samantha...» attaccò lui, ma il tono era quello sbagliato.

«*Samantha* cosa?» insorse la donna, e Gabriele si ricordò del quantitativo di articoli che quella donna avrebbe potuto impedirgli di pubblicare.

«È plausibile» capitolò, «ma...»

Samantha non attese la fine della frase. «Perfetto. Occorre andare a cercarlo.»

«Immagino che abbia usato una macchina. La città più vicina dista due ore. È notte, ma la strada è buona.» Mariela guardò l'orologio. «Potrebbe essere già arrivato.»

Erano già passate due ore dal black-out? Gabriele si rese conto di aver perso totalmente il senso del tempo.

«Mi stai dicendo che mi devo rassegnare? Che devo star qua a non far niente mentre quel tipo si porta via tutti i miei dati?»

«Se è andata come penso» s'inserì Gabriele, «l'unica cosa da fare è dare una mano agli ingegneri, cosa di cui io non sono capace, o andare a dormire, come avevo detto all'inizio.»

«Ma non esiste proprio!»

«Ragioni» provò Mariela. «Le macchine hanno le gomme a terra. Cosa vuole fare, andare nel deserto a piedi?»

«Se necessario sì!»

Mariela guardò Gabriele, che appariva disperato.

«Capisco perfettamente la tua impotenza» iniziò lui, più calmo. «Anch'io impazzirei se mi fosse successa una cosa del genere. E anch'io sarei disposto a correre nel deserto per l'angoscia. Ma non è altro che questo: angoscia» disse cercando di essere ragionevole. Ora che la storia era stata più o meno chiarita, si sentiva più calmo. D'accordo, avevano perso la notte ed erano isolati, ma quasi tutti i telescopi si trovavano in condizioni di sicurezza, e se l'ipotesi Jorge era corretta, tra loro che erano rimasti in osservatorio non c'era un sabotatore né un ladro, e le cose tutto sommato si stavano mettendo per il meglio. «Non c'è niente che possiamo fare, se non cercare di ristabilire le comunicazioni, e se ne stanno occupando gli ingegneri. Quando ce l'avranno fatta chiameremo la polizia, e allora questa storia assurda diventerà solo un brutto ricordo.»

«Tu sragioni» insistette lei. «Quello può essere andato ovunque coi miei dati, e potrebbe persino essere già arrivato dal committente!»

Gabriele era certo che quella che stava sragionando era lei; ma chi al mondo poteva mai ordire un piano del genere solo per rubare i dati di una fisica stellare, una branca dell'astronomia in cui giravano zero soldi e che il grande pubblico tendeva a snobbare allegramente? Questo, però, aveva poca importanza. Anzi, se Samantha stava sragionando era peggio ancora; gli sembrava capacissima di uscir fuori a inseguire a piedi il fuggitivo. Già si vedeva a rincorrerla per il deserto, dove sarebbero ovviamente morti entrambi, e male.

«Non c'è comunque niente che possiamo fare» intervenne Mariela, secca. «A volte nella vita va così. Spingersi nel deserto a piedi non è solo una follia, ma è anche inutile, e fino a prova contraria, dato che sono l'unico medico qui presente, sono io la responsabile della vostra salute, e nessuno si metterà a correre in giro senza avere una valida ragione. E questa non lo è» disse, bloccando Samantha prima che potesse obiettare. «Domani mattina, se tutto andrà bene, potremo chiamare la polizia, e loro, che sono molto più bravi di noi, ricostruiranno chi è quest'uomo e lo riacciufferanno.»

Gabriele attese col fiato sospeso la risposta di Samantha. La possibilità di potersi finalmente rilassare, dopo quelle tre dannate ore di adrenalina a manetta, dipendeva solo da quel che avrebbe detto quella donna. Le sue labbra erano ridotte a una linea: evidentemente stava cercando di combattere con tutta se stessa contro il bisogno di mandarli a quel paese e correre fuori.

«Comunque quel che è successo qui stanotte è veramente incredibile! Scriverò una vibrante lettera di protesta al direttore! È tutto assurdo!»

Gabriele sentì tutti i muscoli del corpo rilassarsi: si era convinta.

La videro uscire da lì di gran carriera, diretta con ogni probabilità nella sua stanza.

Gabriele e Mariela si guardarono, sorridendosi.

«Sai che sei stato davvero bravo?» disse lei, e per Gabriele fu il secondo round di rossore, tanto che si sentiva la faccia infuocata.

«È che fare l'astronomo è un po' come fare il detective: hai delle prove e devi tirare fuori la legge che le unisce. È un po' la stessa cosa. Poi a me i gialli piacciono.» Si chiese se non stesse gongolando troppo, e una morsa d'ansia gli strinse le viscere. Ma no, Mariela continuava a sorridere.

«Bene» sospirò lei. «Direi che è ora di avvisare tutti, e forse di andarcene davvero a letto. Nessuno di voi astronomi sa come aiutare gli ingegneri, giusto?»

Gabriele scosse la testa.

«Chissà dove saranno tutti... Samantha e Pinetta nelle loro stanze, ma gli altri...»

«L'ultima volta erano nella *control room*, proviamo lì.»

Uscirono lasciando tutto più o meno com'era. Gabriele si domandò se la polizia gli avrebbe chiesto ragione del perché si fossero messi a perquisire la stanza di un sospettato contaminando la scena del crimine. Ma era una scena del crimine? Tecnicamente il reato era il sabotaggio... Si tranquillizzò dicendosi che sarebbe stato un problema di Samantha; lui aveva solo aperto un pc che non era neppure protetto da una password e preso un passaporto – falso – da un cassetto. A frugare in giro era stata lei. Certo, Mariela aveva preso parte alla perquisizione... Le indirizzò uno sguardo obliquo: avrebbe spiegato che se l'aveva fatto era stato solo per evitare che quella pazza finisse morta in mezzo al deserto. Gli sembrava una giustificazione plausibile.

Avvertì la calma scendere piano nel petto, le gambe farsi quasi molli. Era stato teso per tutto quel tempo. Si sentiva vagamente in colpa a rilassarsi: gli ingegneri erano ancora impegnati con quel gran casino, e il problema non era stato risolto. Erano al buio, isolati, e chissà per quanto lo sarebbero stati. Quel pensiero gli procurò un po' di ansia, che però si sciolse non appena realizzò che aveva fatto una gran bella figura con Mariela e stava per andarsene a letto, a dormire di notte, per una buona volta. Lassù non l'aveva mai fatto.

E fu proprio mentre camminava tutto soddisfatto insieme alla sua bella che un urlo squarciò l'oscurità.

5

00.30 (UTC-XX)

«Cazzo!» gridò Gabriele mettendosi a correre con Mariela al suo fianco. Ormai il condizionamento materno era definitivamente saltato. Era passato dalla tranquillità appena riguadagnata all'angoscia in meno di mezzo secondo, tanto che adesso era dominato solo dall'adrenalina, che gli scorreva a fiumi nelle vene.

E ora che diavolo è successo?

Entrò nella sala principale della *guest house*, perché gli sembrava che l'urlo provenisse da lì. Anche quel posto aveva lo stesso identico aspetto di tutti gli altri edifici: cemento a vista che riempiva l'ampia sala rettangolare dal soffitto basso, che adesso era illuminata solo dalle dannate luci d'emergenza. In fondo, oltre le porte a vetri, il banco informazioni per gli ospiti – dove immaginava che Samantha e Pinetta si fossero registrate in qualche momento indefinito del pomeriggio –, ora del tutto deserto. Assomigliava alla reception di un hotel: un ampio bancone di legno scuro, leggermente incurvato, dietro il quale c'era un casellario con le chiavi delle stanze. Il soffitto, da metà sala in poi, era coperto da una serie di tende color panna, che potevano essere distese o ritirate: ora erano tutte chiuse e ben tese.

L'intero locale era abitato solo da grida disperate, che arrivavano dal basso: dietro il casellario si innalzavano, del tutto incongrue, le cime di un paio di palme e di altri alberi esotici, tra i quali una coppia di cactus altissimi.

La prima volta che Gabriele aveva visto quella sorta di giardino d'inverno era rimasto senza parole. Ma com'era possibile che ci fosse una cosa del genere in mezzo al deserto, in un posto in cui le piantine dovevi andare a cercarle col lanternino e dove non aveva mai visto mezzo animale? Eppure eccolo là, con una serie di rocce tra le quali gorgogliava un ruscello dal suono rilassante che si gettava in un laghetto popolato da un paio di carpe koi. Gli avevano spiegato che non si trattava di un semplice abbellimento: quel piccolo giardino serviva anche a mantenere un'umidità ottimale nella *guest house* e nell'adiacente mensa. Gabriele, comunque, ci aveva messo un po' ad abituarsi a quella vista, e le prime volte si fermava sempre sul parapetto di legno scuro e metallo nero, lasciandosi cullare dal chioccolio dell'acqua e guardando le macchie rosse e bianche delle carpe muoversi pigre tra le ninfee.

Quella sera, il rumore dell'acqua si sentiva a malapena. Le urla coprivano ogni altra cosa, e Gabriele si precipitò verso la balaustra con uno slancio tale che il corrimano di legno gli strozzò dolorosamente lo stomaco. Per un istante di terrore gli parve di essere sul punto di cadere di sotto, ma sentì la presa salda di Mariela che gli afferrava un braccio, e in qualche modo riuscì a tenersi in equilibrio.

Sotto di lui, la scena era quella idilliaca che gli era diventata tanto cara: le piante sottili che si slanciavano verso l'alto, là dove di giorno le tende venivano tirate e gli ampi finestroni aperti per lasciar entrare l'aria da fuori; la roccia nera punteggiata di cactus e fiori montani, a simulare una sorta di dirupo, che dal muro scendeva in basso tortuoso; l'acqua che gorgogliava, producendo qua e là un po' di schiuma candida; il laghetto che, placido come al solito, finiva in una parte mattonata, dove si apriva il corridoio che da un lato conduceva ai dormitori del personale dell'osservatorio e dall'altro alla *guest house* vera e propria.

Il fatto che tutto fosse come sempre, che le carpe veleggiassero indisturbate sotto il pelo dell'acqua, e che il ruscelletto continuasse a chiocciare gagliardo, gli procurò per un istante un senso di irrealtà e capogiro. Perché sulla parte mattonata, dove l'acqua sciabordava lenta, c'erano un corpo prono e un sottile rivolo di sangue che dalla nuca scivolava verso il laghetto. Al suo fianco, una figura piccola urlava a squarciagola china in avanti.

Per la prima volta in vita sua, Gabriele si domandò *per davvero* se non stesse sognando. Non l'aveva fatto neppure durante la pandemia, quando era rimasto bloccato nel paese in cui si trovava l'osservatorio, da solo, senza poter prendere un volo per casa o anche solo uscire a fare due passi. Ma se lo chiedeva adesso, sopraffatto dall'irrealtà della scena che aveva sotto gli occhi.

«Presto!» Si sentì tirare. Mariela, come al solito, aveva reagito molto più prontamente di lui, e lo stava trascinando verso la scala che, alla loro sinistra, si avvolgeva a elica verso il basso, attraverso gradini ampi e piuttosto bassi, tanto che lui riusciva a superarli con una sola falcata delle sue lunghe gambe; Mariela, invece, ogni tanto doveva fermarsi per cambiare gamba.

Gabriele rallentò. Non aveva nessuna voglia di arrivare per primo: non avrebbe saputo cosa fare, cosa dire. E, soprattutto, una volta scesi nel giardino sarebbe diventato tutto *reale*, e lui sentiva di non essere pronto.

Forse è solo ferito, pensò man mano che il corpo prono si faceva più grande. Era Hugo, non c'erano dubbi, anche se non era in grado di vedergli la faccia: l'abbigliamento era il suo, così come i capelli sale e pepe, ora macchiati di sangue.

Mariela lo mollò alla fine della scala e corse immediatamente verso l'uomo riverso a terra. Gabriele rimase bloccato là: la piccola figura che urlava piegandosi ritmicamente davanti a lui era Pinetta, e sembrava ancora più piccola del solito. Lo stupì però la violenza con cui stava gridando, le vene del collo che si gonfiavano, i tendini tirati come corde di violino. Era Pinetta, ma in un certo modo non lo era più: anche lei era finita avvolta nell'aria di irrealtà che ogni cosa, intorno a lui, aveva acquisito.

«Fa' qualcosa!» gli gridò Mariela, e Gabriele sobbalzò. Guardò per un istante Mariela china sul corpo, e poi Pinetta, che non la smetteva più di gridare. Dovette farsi forza per riuscire a schiodarsi da dove si trovava e andare verso la ragazza. Non appena mosse la gamba, la realtà in qualche modo si riallineò, e lui capì che quel che stava succedendo era vero. Poteva far finta del contrario, ritardando il momento in cui avrebbe dovuto farci i conti, ma era tutto vero, e doveva decidere il da farsi.

Si fermò davanti a Pinetta, come avesse paura di toccarla e di finire contagiato dal suo stesso panico, che già avvertiva montare alle tempie e nello stomaco. «Pinetta...» provò.

Lei finalmente smise di gridare, e dopo averlo guardato con due occhi che gli parvero enormi gli si lanciò tra le braccia. Lo strinse fortissimo, tanto che per un istante Gabriele si domandò come facesse una persona così minuta ad avere tutta quella forza. Lui l'abbracciò di rimando, un po' impacciato, perché aveva sempre problemi coi sentimenti altrui. E anche coi propri, a dire il vero.

Mariela si alzò e andò verso Gabriele. «È morto» disse.

Lui sentì il cuore svuotarsi letteralmente, come prosciugato di ogni emozione. Non aveva idea di come dovesse sentirsi: era un astrofisico, gli omicidi e altra roba del genere erano cose che lui vedeva solo nei libri e nelle serie televisive. E poi l'osservatorio gli era sempre sembrato un posto sicuro: saliva su, e in qualche modo sapeva che non poteva succedere niente di male, che per due settimane ci sarebbero state solo stelle e noia; quanto le rimpiangeva entrambe, ora...

«Che facciamo?» disse infine, ritrovando la voce. Pinetta lo stringeva ancora fortissimo, la testa premuta quasi dolorosamente contro il suo petto.

Mariela allungò la mano verso la sua cintura, dov'era agganciato il walkie-talkie. «Non si scherza più. Non so bene cosa sia successo, ma c'è un cadavere e dobbiamo stare attenti. Chiamo gli altri.» Cambiò la frequenza per sintonizzarla sui walkie-talkie rimasti nella *control room*.

Mentre lei si occupava di quell'incombenza, con dolcezza Gabriele provò a staccarsi di dosso Pinetta. «Va meglio?» le chiese. Lei faticava a respirare, figurarsi a parlare, e si limitò a scuotere la testa. Gabriele guardò Mariela, che stava chiamando gli ingegneri.

«No, voi restate là» la sentì dire, «ma state tutti assieme e non perdetevi di vista. E cercate di ripristinare almeno le linee telefoniche.» Quindi si girò verso Gabriele. «Nella *control room* c'era solo Matt, gli ho detto di venire qua e di informare Pilar e Samantha.»

Gabriele annuì, mentre Mariela guardava Pinetta. «Tutto okay?» L'aveva sentita respirare forte, come se nella stanza non ci fosse abbastanza aria per i suoi polmoni. Con delicatezza scostò Gabriele, che si sentì sollevato all'idea che il panico di Pinetta non fosse più una sua responsabilità, e afferrò per le spalle la ragazza. «Pinetta, cerca di respirare piano, va bene?» disse in italiano. «Concentrati solo sul respiro; entra ed esce, entra ed esce...»

Pinetta ci provò, senza grossi risultati.

Mariela si girò verso Gabriele. «C'è bisogno di un ansiolitico; ce li ho in infermeria, li sai riconoscere?»

«Non serve» disse Pinetta con la voce strozzata. «Li porto sempre con me.» Andò con la mano alla tasca davanti dei pantaloni, e tirò fuori una boccetta.

«Perfetto» disse Mariela, e l'accompagnò a sedersi con le spalle contro il muro.

Pinetta fece tutto da sola: aprì la boccetta e si mise direttamente trenta gocce sulla lingua.

Mariela la guardò male, ma non fece commenti finché non la vide calmarsi. «Le prendi sotto controllo medico, vero?» le domandò.

«Certo» disse Pinetta.

Mariela non sembrò molto convinta della sincerità della risposta. «Ce la fai a dirci che è successo?» chiese infine.

Gabriele, che aveva assistito a tutta la scena e teneva lo sguardo ostinatamente lontano dal corpo adagiato sulle mattonelle, si accosciò di fianco a Mariela, di fronte a Pinetta. La ragazza deglutì, come per cercare la forza di rispondere.

«Stavo andando nella mia stanza» disse alla fine, «e l'ho trovato così», quindi si portò le mani al viso e riprese a singhiozzare.

Gabriele e Mariela si guardarono, dopodiché si tirarono su.

«Non credo che sia in grado di dirci altro» osservò Mariela.

«Pensi che... qualcuno...» azzardò Gabriele, senza riuscire a terminare la frase.

«Devo analizzare il corpo, per potertelo dire; la ferita credo sia compatibile con una caduta da quell'altezza, ma dovrebbe essersi girato dopo l'impatto, perché ha una ferita sulla nuca. Oppure qualcuno l'ha colpito da dietro.»

Gabriele sentì di nuovo dei lunghissimi brividi lungo la schiena. Per la prima volta in vita sua, avvertì l'irresistibile tentazione di scappare da là, a qualsiasi costo. Comprese quello che aveva dovuto provare Samantha quando, in preda al panico per la perdita dei suoi dati, aveva detto che avrebbe inseguito il ladro nel deserto: improvvisamente anche a lui il nulla che c'era all'esterno sembrava più sicuro e attraente del casino che stava avvenendo sotto i suoi occhi.

Pilar, Samantha e Matt arrivarono dopo un po'; la *control room* non era lontana, ma Matt aveva dovuto fare il giro per avvisare tutti. Quest'ultimo si bloccò esattamente dove il corridoio della *guest house* sbucava nel giardino; Pilar, che doveva essere andata a dormire, arrivò stropicciandosi gli occhi, ma parve svegliarsi all'istante non appena vide il cadavere a terra; imprecò con sentimento in spagnolo. Persino Samantha si concesse un istante di smarrimento, dal quale, però, si riprese rapidamente; guardò Gabriele. «Che è successo?» chiese, e lui l'aggiornò rapidamente.

Mariela continuava a stare vicino a Pinetta, che però ora sembrava stare meglio. A differenza di Gabriele, Samantha si avvicinò subito al cadavere, sebbene con una certa cautela. Sembrava non averne paura, mentre Gabriele ne era a dir poco terrorizzato e, cercando in tutti i modi di non guardarlo, si ritrovò a chiedersi quanti morti avesse visto Samantha in passato, se si fosse già trovata in una situazione come quella. Tutto sommato, si sarebbe sentito rassicurato all'idea che qualcuno avesse un'idea sul da farsi. Ma le sue speranze vennero spente sul nascere.

«Che facciamo?» domandò Matt.

«Ho chiesto agli ingegneri di ripristinare i telefoni; adesso, la cosa più importante è riuscire a comunicare con l'esterno» disse Mariela.

«Ma credi che sia caduto, che si sia buttato...» disse Pilar.

«Non lo sappiamo, devo analizzare meglio la ferita, ed è quello che intendo fare. Ho però bisogno di tranquillità, per cui vi chiedo, per favore, di andare tutti in mensa e di restare là. Assieme.»

«Perdonami» intervenne Samantha, «ma Hugo, pace all'anima sua, ha una ferita sulla nuca, ed è steso a pancia in giù. Mi sembra ovvio che qualcuno l'abbia colpito da dietro.»

«Non è detto» la interruppe Mariela. «Potrebbe essere caduto e aver avuto il tempo di girarsi. Ripeto, dipende dalla ferita.»

«Ma non possiamo escludere che qualcuno l'abbia ucciso» insistette Samantha.

«Samantha...» attaccò Matt, con quel tono ragionevole che – ormai Gabriele lo sapeva per esperienza diretta – la faceva infuriare.

«Senti» ribatté infatti lei, aggressiva, «già c'è stato un sabotaggio e un tizio che è scappato nel deserto con i miei dati...»

«Che cosa?» chiese Pilar.

«Loro non lo sanno» s'intromise Mariela, e spiegò ai presenti tutto quello che avevano scoperto.

«Quindi» riprese pressoché subito Samantha, «a me non sembra per niente impossibile che tra noi ci sia un assassino.»

«Un assassino *e* un sabotatore nello stesso posto e nella stessa sera? Ma non ti pare un po' assurdo?» disse Matt, che stava iniziando ad alterarsi.

«A me sembra più che probabile, visto che ci troviamo in un posto dove neppure controllano i curriculum degli impiegati.»

«Ma tu davvero stai dicendo che tra noi potrebbe esserci un assassino?» sbottò Matt.

«E allora?»

«E allora è una follia!»

«Io non vi conosco, è la prima volta che vi incontro; ma chi mi dice che non sei stato tu, o quella lì» disse indicando Pilar.

Scoppiò il finimondo, con tutti che sbraitavano contro tutti, mentre Pinetta riprendeva a piangere.

«Basta!» urlò Mariela, e per la prima volta Gabriele la vide incazzarsi per davvero. Tutti tacquero, mentre in sottofondo si sentiva solo il pianto di Pinetta.

«Ma che cavolo ti piangi» osservò Samantha, la cui rabbia evidentemente non era ancora sbollita.

«Pinetta è sotto shock, va bene?» intervenne Mariela.

«Quella è sotto shock da una vita» disse Samantha con disgusto.

«Okay, ho detto basta ed è basta» insistette Mariela, avvicinandosi con fare più minaccioso a Samantha, che mise su un'aria offesa ma non fece ulteriori commenti. «Al momento non abbiamo alcun elemento per dire che Hugo sia caduto accidentalmente, si sia buttato, o cosa. Ho già detto che saprò dirvelo solo dopo aver esaminato il corpo. Non possiamo però escludere nessuna possibilità, per cui dobbiamo comportarci come se fossimo tutti in pericolo, e quando si è in pericolo si cerca di stare tutti assieme. Per questo vi chiederei di andare in mensa, e di restarci, chiaro? E tenete i walkie-talkie accesi, perché dovete essere raggiungibili. Io intanto cercherò di capire cos'è successo a Hugo.»

Matt e Pilar non fecero una piega, Samantha sbuffò, ma alla fine anche lei si avviò. La videro scavalcare la testa del cadavere, ancora come se non le facesse alcuna impressione.

«Io posso rimanere? Ho paura...» disse piano Pinetta.

«Basta che te ne stai lì calma, va bene?» rispose Mariela, rassicurante.

In quel momento, si sentì Samantha imprecare, e di nuovo tutta l'attenzione fu su di lei.

«Il mio hard disk!» disse puntando il dito verso il laghetto.

Gabriele alzò gli occhi al cielo, Matt e Pilar assistettero alla scena perplessi, mentre Mariela si avvicinava alla donna.

«Là, nell'acqua!»

Anche Gabriele fece per avvicinarsi, ma non abbastanza in fretta. Samantha saltò nel laghetto a piè pari, sollevando spruzzi che bagnarono sia lui che il cadavere riverso a terra, per tacere di Mariela.

«Ma che...» disse quest'ultima.

Samantha, l'acqua che le arrivava quasi a mezza coscia, aveva già infilato le mani fino a toccare il fondo. Le fece riemergere esultante con in mano un hard disk grigio grondante acqua. «Allora era stato lui!» gridò trionfante.

Gabriele guardò il corpo di Hugo: era stato lui a rubare i dati di Samantha? Ma perché lo avrebbe fatto? E soprattutto, perché poi era morto?...

Samantha uscì dal laghetto incurante dell'acqua che sgocciolava a terra, inzuppando ancora di più gli abiti del cadavere di Hugo. «Dannato stronzo...» disse. «S'è bagnato tutto...»

«Ma non hai rispetto per niente? È morto!» insorse Matt, e Pinetta riprese a piangere.

«La vuoi piantare?» le gridò infuriata Samantha, la voce altissima. Pinetta sobbalzò, zittendosi all'istante. «Inutile cogliona...» disse l'altra a bassa voce.

Qui stiamo tutti perdendo la testa, pensò Gabriele, e decise di intervenire. «Okay, basta così. Mariela ha detto che ha bisogno di tempo, e noi siamo qua ad accusarci a vicenda. La notte è persa, nessuno di noi è un medico o un detective, ce ne dobbiamo andare e basta. Per favore» disse infine, perché la durezza non era una cosa che gli si addiceva. Seguì qualche secondo di silenzio.

«Io in una stanza insieme a due potenziali assassini non ci vado» disse infine Samantha.

«Ma assassina sarai tu!» urlò Pilar, che aveva raggiunto anche lei il limite.

Samantha era pronta a ripartire alla carica, ma Gabriele la bloccò: «Vabbè, e dove vuoi andare?»

La donna parve presa alla sprovvista. «Nella mia stanza, a cercare di salvare il salvabile dall'hard disk» disse.

Gabriele guardò Mariela, che alzò gli occhi al cielo.

«Va bene, ma devi portare con te un walkie-talkie, okay?»

Samantha sbuffò. «Pinetta, vammelo a prendere.»

Pinetta rimase lì dov'era, gli occhi sgranati.

«Pinetta, e allora!» urlò di nuovo Samantha, facendola ancora una volta sobbalzare.

Gabriele poteva sentire le ondate di furia che agitavano Mariela, che però riuscì a reprimerle: «Va bene, te lo portiamo noi dopo. Vattene» disse, la voce strozzata.

«Scusate» intervenne Matt, «ma se ognuno inizia ad andarsene dove vuole... Ha senso raggrupparci in mensa?»

«Io vorrei rimanere qui, se posso» pigolò Pinetta.

Mariela si passò una mano sulla faccia, e Gabriele decise di intervenire.

«D'accordo, andate nella vostra stanza, o dove cazzo volete, ma restate a portata di comunicazione e *rimanete dove siete*, va bene?»

Finalmente i due parvero convincersi.

Sta andando tutto a catafascio, pensò con disperazione Gabriele. Se davvero tra loro c'era un assassino, erano tutti in pericolo, qualsiasi cosa facessero. Fece comunque per avviarsi verso la sua stanza, dove si immaginava intento a fissare il vuoto per le successive... boh, ore, dato che non aveva idea di quanto mancasse all'alba.

«Ti spiace restare con me?» lo fermò Mariela. Gabriele si bloccò, lei sorrise debolmente. «Magari non sembra, ma ho paura, e una mano mi aiuterebbe molto...»

Sentì un calore rassicurante diffonderglisi in petto. «Ma certo, certo!» si affrettò a dire, andando sparato verso di lei. Mariela aveva bisogno di lui, Mariela *si fidava* di lui! Si chinò di fianco a lei, e il suo sguardo incrociò la figura accovacciata di Pinetta. «E lei?» domandò piano.

«Sta uno straccio, meglio che la tenga d'occhio» disse Mariela, quindi spostò di nuovo lo sguardo su di lui. «Tu conoscevi Hugo meglio di me: era tipo da buttarsi di sotto?»

Gabriele passò in rassegna le poche interazioni che aveva avuto con quell'uomo: avevano fatto qualche turno insieme, ma era sempre stato un tipo taciturno, perciò non poteva dire di conoscerlo davvero. Magari il suo essere così silenzioso era conseguenza di una depressione, chissà... «Prima, mentre fumava davanti alla *control room*, mi era sembrato tranquillo, no?» provò a dire.

«Non vuol dire niente» spiegò Mariela. «Le persone depresse sanno nasconderlo molto bene. Infatti non ti sto chiedendo questo, ma se hai mai notato qualcosa in lui, o se qualcuno ti ha detto che in passato aveva avuto qualche problema.»

«La verità è che lo conoscevo poco» ammise Gabriele.

«Okay, va bene, facciamo qualche ipotesi», e lo guardò rimanendo in attesa.

«Io?» chiese Gabriele.

«Sei stato così bravo, prima...»

Arrossì per la miliardesima volta. «Okay, ci provo», e fece per concentrarsi, cosa non facile vista la situazione generale e, perché no, i complimenti di Mariela. «Allora, Jorge non può essere stato, se n'era già bello che andato quando Hugo era ancora vivo.»

«D'accordo, fin qui ci arrivavo anch'io», e Gabriele divenne viola.

«Allora potrebbe davvero essere stato Hugo a rubare l'hard disk, e poi magari si è sentito in colpa, ha pensato di essere fregato, e si è buttato.»

Mariela si prese del tempo per pensarci su.

«Un po' improbabile, eh?» osservò Gabriele, sentendosi uno scemo.

«Secondo me sì» disse lei. «Poteva semplicemente gettare l'hard disk in acqua e basta, senza bisogno di uccidersi, perché comunque nessuno avrebbe mai saputo che era stato lui; e avrebbe comunque distrutto i dati di Samantha, se questo era il suo obiettivo.»

«Okay, giusto. Magari è caduto da solo? Potrebbe essersi sentito male, e poi è scivolato oltre la balaustra...»

«Già questo è più ragionevole e compatibile con quanto stiamo osservando.» Sospirò. «Va bene, direi che è giunto il momento di capire meglio com'è fatta questa ferita.»

Mariela iniziò ad analizzare il taglio che Hugo aveva sulla nuca. Gabriele distolse lo sguardo. Tutto quel sangue, il bianco dell'osso, gli facevano impressione. Si concentrò su Pinetta, che sembrava stare meglio.

«Dunque, non sembra essere stata inferta da un corpo contundente» concluse dopo qualche minuto Mariela, «anche se non sono un'anatomopatologa, quindi non posso averne la certezza. Mi è però capitato di vedere ferite alla testa causate da traumi accidentali, e assomigliavano a questa.»

Gabriele tirò un lunghissimo sospiro di sollievo. «Quindi niente assassini» disse.

«Niente assassini che l'hanno colpito da dietro...» precisò lei.

Gabriele colse al volo, e i suoi muscoli si irrigidirono di nuovo. «... ma qualcuno potrebbe averlo spinto» disse.

«Questo non si può escludere. Comunque, voglio girarlo; se ci fosse qualche ferita dall'altro lato potrebbe aiutarci a capire meglio cos'è successo. Dai, aiutami.»

Gabriele rimase bloccato. «Stai dicendo che... devo toccarlo?»

Mariela lo guardò. «Non hai mai toccato un cadavere?» Gabriele fece di no con la testa. «Neppure il bacio alla nonna morta?»

Gabriele se la ricordò distesa sul letto, con le candele intorno e i parenti assiepati. Per fortuna gliel'avevano fatta vedere solo da lontano. «No.»

«Ti stavo prendendo in giro» sorrise lei, e di nuovo Gabriele arrossì. «Comunque, prendila così: è un oggetto, tutto quello che lo rendeva una persona se n'è andato. Io me lo ripetevo sempre quando seguivo le lezioni di anatomia all'università.»

«È proprio questo che mi angoscia...» disse Gabriele.

Lei si tirò su, lo guardò. «Proprio non ce la fai?»

«No, no, ce la faccio. Hai dei guanti?»

Mariela scosse la testa.

Gabriele, non fare la femminuccia, dai, si disse, e subito dopo: ma che razza di modo di dire è "femminuccia"? Stai anche diventando misogino? Scosse la testa.

«Tutto okay?» gli chiese Mariela.

«Sì, scusa, sono pronto», e senza indugiare oltre infilò le mani sotto il torso di Hugo. Gli parve pesantissimo, probabilmente perché era del tutto abbandonato; essendo morto, non poteva in alcun modo collaborare, ovviamente. Era proprio come diceva Mariela: qualsiasi cosa lo rendesse vivo, era ormai scomparsa.

Mariela andò dall'altro lato, lo afferrò per un braccio, e insieme tirarono. Fu allora che capirono che le cose, ancora una volta, erano assai più complicate di quanto avessero previsto.

6

1.30 (UTC–XX)

«Che cavolo...» disse Gabriele.

Sotto il corpo c'era una macchia di sangue; solo che non era una macchia. Sembrava più... una scritta. Mariela doveva aver avuto la sua stessa impressione, perché guardò il dito destro di Hugo.

«Era mancino» disse Gabriele d'istinto, e dato che era lui quello più vicino alla sua mano sinistra, gliel'afferrò. L'indice era rosso. «L'ha scritto col sangue...» disse in un soffio. Sentì qualcuno gemere, e vide Pinetta scivolare piano lungo il muro, una mano sulla bocca e il terrore negli occhi.

Mariela si alzò e andò verso di lei. «È tutto a posto, Pinetta, tutto a posto. Respira, okay? Respira e basta.» Le gocce dovevano aver fatto il loro effetto, perché la ragazza riuscì a controllare il panico.

Nel frattempo, Gabriele guardò meglio il corpo di Hugo. Sul maglione, vicino alla spalla sinistra, in corrispondenza della macchia a terra, c'era del sangue. Guardò con più attenzione, ma non c'era niente da fare: la macchia sul maglione era un vero e proprio casino, anche perché la lana aveva assorbito l'acqua che Samantha aveva sparso ovunque, ed era impossibile capire di cosa si trattasse. Maledetta bastarda, pensò. Poi si accorse di aver usato un eufemismo – più o meno... –, e si disse che era un buon segno. Sospirò, ringraziando che quella donna se ne fosse andata al diavolo, dopodiché riprese a esaminare la scritta per terra. Il primo segno sembrava una M, ma il resto?

Udì lo scalpiccio di due paia di piedi in avvicinamento; alzò lo sguardo e vide Pinetta e Mariela, la prima sostenuta dalla seconda. Pinetta sembrava un po' più in sé rispetto a prima, quanto meno non piangeva più, e respirava tranquilla.

«Cosa pensi che sia?» chiese Gabriele, rivolto verso Mariela.

«È una scritta...» osservò Pinetta.

«Sì, questo è abbastanza ovvio...», e mostrò il dito arrossato di Hugo. «Ma cosa vuol dire? Quell'idiota di Samantha ha sparso acqua dappertutto, e lui è anche caduto sulla scritta quando è morto, per cui già non era granché comprensibile di suo...» Gabriele si stupì della sua stessa freddezza; improvvisamente doveva fronteggiare un mistero, e qualcosa in lui si era risvegliato, esattamente com'era successo davanti al laptop nella stanza di Jorge. Doveva capire.

«Dev'essere qualcosa di importante, per averlo scritto prima di morire...» osservò Mariela.

«Nei gialli la vittima scrive il nome del colpevole» disse Gabriele, ma si pentì quasi subito. Era un'idea scema, ma era anche vero che quella notte stavano succedendo tante di quelle cose assurde che potevano valere anche le ipotesi più balzane. Peraltro, uno che sta morendo cosa dovrebbe scrivere col proprio sangue se non il nome del colpevole?

«La prima è una M...» osservò Pinetta chinandosi in avanti. «E la seconda potrebbe essere tranquillamente una A... Vedete?», e la indicò.

Gabriele osservò che anche in lei sembrava essere scattato qualcosa; forse aveva avuto ragione quando, qualche ora prima, aveva detto a Mariela che fare l'astronomo non era poi così diverso dal fare il detective. Magari anche Pinetta aveva sentito risvegliarsi in lei un'indole di investigatrice, per quanto fino a quel momento si fosse occupata solo di misteri astronomici.

«E le altre due possono essere tranquillamente due T» concluse Mariela, strappando Gabriele alle sue riflessioni.

Gli sguardi dei due si incrociarono, e lui sentì di nuovo una stretta di panico stringergli le tempie. Subito però la sua parte più razionale intervenne per prendere il controllo: l'accusa che Pinetta e Mariela stavano avanzando era molto grave, e richiedeva prove davvero solide. Guardò di nuovo la scritta.

«Non sei convinto?» chiese Mariela.

Gabriele tenne lo sguardo fisso sulla macchia di sangue. «Non è tanto questo...» disse stringendo gli occhi per cercare ancora una volta di mettere a fuoco per bene quel che c'era scritto a terra. «È che esiste una cosa che si chiama pareidolia» aggiunse guardando le due ragazze.

«Cioè?» chiese Pinetta.

«È un effetto neurologico, più o meno» intervenne Mariela. «È la tendenza a riconoscere figure note in pattern completamente casuali. Hai presente quando giochi a vedere delle immagini nelle nuvole?» Pinetta annuì. «È la stessa cosa. Per esempio, è il fenomeno alla base di tutte quelle visioni di macchie sui muri che sembrano i santi e la Madonna, così diffuso dalle vostre parti, in Italia.» Mariela si girò di nuovo verso Gabriele. «Tu pensi che stiamo cercando di vederci dentro qualcosa che non c'è? Ma è una scritta, te lo posso assicurare, nessuna macchia di origine naturale può prendere quella forma.»

«È una scritta di sicuro» disse Gabriele, «solo che mi sembra un po' poco per accusare di omicidio Matt.»

«Siamo tutti in pericolo» intervenne Pinetta. Tremava leggermente. «Anche se il colpevole non fosse lui, che male c'è a chiuderlo da qualche parte? Non lo dobbiamo mica condannare a morte. Solo per la nostra sicurezza...»

Gabriele riprese ad analizzare la macchia. A dire la verità, poteva essere una parola qualsiasi che iniziasse per "M", persino "mamma". Uno poteva benissimo invocare la mamma in punto di morte. «Sentite, potrebbe essere Matt, anche se, adesso che me l'avete detto, io dentro non riesco a leggerci nient'altro, e questo complica le cose. Dobbiamo avere qualche prova un po' più solida. Non me la sento di accusare Matt così, e se è vero che non dobbiamo sbatterlo in cella e buttare la chiave, se diciamo a tutti che è stato lui, senza averne la certezza, poi sarà un casino per le indagini che verranno condotte quando finalmente riusciremo a chiamare la polizia. È così che funziona, se ti convinci di una cosa, poi cominci a vedere tutto in quell'ottica: Samantha di sicuro ci si butterà a pesce come un piranha, decisa com'è a trovare chi le ha rubato i dati. Inizierà a dire che, a ripensarci bene, l'ha visto avvicinarsi alla sua borsa, e così faranno anche tutti gli altri... Siamo tutti sotto shock, non ragioniamo lucidamente, finiremmo per suggestionarci l'un l'altro.»

«Tu mi sembri ragionare alla grande» disse Mariela.

Gabriele arrossì con un sorriso. Ma chi l'avrebbe detto che una situazione così tragica gli avrebbe procurato tutta quell'ammirazione da parte di Mariela? Ovviamente, si sentì subito in colpa per quel pensiero. «Sentite, ecco che faremo» disse, e glielo spiegò.

Un paio di minuti dopo erano tutti di nuovo lì vicino al giardino, persino Samantha, che però continuava a fare un mucchio di storie. Avevano rimesso il corpo al suo posto, coprendo la scritta. Gabriele, comunque, l'aveva fotografata.

«Stavo facendo dei passi avanti con l'hard disk, ma se mi interrompete ogni dieci secondi...»

«Ci sono stati degli sviluppi» tagliò corto Mariela.

«Chi l'ha ammazzato? Così lo rinchiudiamo da qualche parte e la finiamo con questa manfrina» disse Samantha.

«Certo che sei davvero spregevole...» osservò Matt.

«Sono concreta, imbecille.»

«Per favore» sospirò Mariela. «Non l'ha ammazzato nessuno, okay? La ferita è compatibile con una caduta accidentale; Hugo dev'essersi buttato o essere caduto per errore.»

«E se invece qualcuno l'avesse spinto?» chiese Samantha.

«Non abbiamo ragione di crederlo» intervenne Gabriele.

«Be', certo, in un posto in cui uno sabota telescopi da miliardi di dollari e un altro mi frega i dati è assolutamente inimmaginabile che qualcuno ammazzi qualcun altro...»

«Sentite, accusare uno di noi di omicidio è una roba forte, va bene? Non possiamo farlo senza prove» spiegò Mariela.

«Lui non si sarebbe mai buttato» disse piano Pilar.

«Lo conoscevi bene?» domandò Mariela girandosi.

«Abbastanza. Era un tipo silenzioso, tutto dedito al lavoro, ma stava bene. Le stelle erano tutta la sua vita, ci si dedicava come un monaco, ed era entusiasta del suo lavoro. Non si sarebbe mai buttato, e non l'avrebbe mai fatto qui: adorava questo posto, non vedeva l'ora di tornarci.»

«Allora si sarà sentito male e sarà caduto da solo» disse Gabriele.

«Ci sono dei segni che potrebbero indicare un episodio ischemico» improvvisò Mariela.

«Era sano come un pesce» disse Pilar.

«Non lo metto in dubbio» rispose tranquilla Mariela. «Ma avrebbe potuto avere un aneurisma non diagnosticato, oppure un'ipertensione non compensata... Purtroppo sono malattie che a volte non danno alcun sintomo, se non quando inizia a essere troppo tardi.»

Pilar tacque, ma a Gabriele non sembrava convinta. «Va bene, e quindi?»

«E quindi Amélie ha detto che stanno facendo progressi con le linee telefoniche, quindi forse a breve potranno venire a salvarci. A questo punto vi scongiurerei, di nuovo, di stare tutti assieme in mensa. Per noi sarebbe davvero più facile, perché ogni volta che abbiamo bisogno di chiamarvi dobbiamo venire da voi stanza per stanza. Davvero, vi scongiuro.» Stavolta Mariela si era giocata la carta della gentilezza e della ragionevolezza.

Matt e Pilar si guardarono.

Samantha sbuffò. «Io ho da fare... Lasciate almeno che vada a prendere la roba di lavoro nella mia stanza.»

«No!» sbottò Gabriele.

Mariela lo guardò male. «Meglio di no» chiarì lui. «Non che non mi fidi di te, ma se perdi tempo, se succede qualcos'altro... per esempio, credo che le luci d'emergenza stiano per spegnersi...»

Samantha sbuffò ancora più forte. «Basta che sia una cosa breve» capitolò.

«Lo speriamo tutti» sorrise Mariela. «Comunque, io e Gabriele adesso dobbiamo portare Hugo in infermeria; non so voi, ma non mi piace che stia lì così... E comunque là ho a disposizione più strumenti, e potrò dirvi con più chiarezza cosa possa averlo fatto stare male.»

Gabriele era impressionato dalla calma, persino dalla ragionevolezza con la quale Mariela mentiva. Era una freddezza che avrebbe immaginato in un'assassina. Scosse la testa con violenza. Ma che andava a pensare, Mariela non era decisamente il tipo, ed era comunque stata con lui per tutto il tempo. Un'ondata di senso di colpa lo travolse: forse non era poi così lucido come aveva pensato.

In ogni caso, gli altri si convinsero.

«Io tra massimo mezz'ora me ne vado» puntualizzò però Samantha. «Anche perché il posto più sicuro, per ognuno di noi tranne che per l'assassino, sono le nostre stanze», e guardò tutti male.

Matt stava per intervenire, ma Gabriele fu bravo a interrompere le sue parole sul nascere. «Dai, noi andiamo in infermeria. Non ci metteremo tanto, vi chiedo solo di aspettare che torniamo, okay?»

Tutti annuirono, persino Samantha, che però aveva alzato gli occhi al cielo.

«Scusate...» disse la voce ormai pigolante di Pinetta. «Vi spiace se vengo con voi?»

«Se rimango io, deve rimanere anche lei» intervenne Samantha.

Mariela le si avvicinò. «Pinetta non sta bene» disse a bassa voce. «Credo soffra di qualche forma d'ansia, ha avuto un attacco di panico... Preferisco tenerla d'occhio. Le chiedo di capire la situazione, per favore...»

Samantha strinse le labbra fino a farle diventare una linea sottile, quindi girò i tacchi e se ne andò.

«Dio, quanto non la reggo...» disse a mezza voce Matt.

Gabriele non poté fare a meno di pensare che tra tutti loro era quello che sembrava sopportare meno Samantha. D'accordo, quella donna non era il massimo della simpatia, e anche lui avrebbe preferito che se ne andasse al diavolo da qualche parte, ma Matt era quello che si lamentava di più, e che più le rispondeva male. Forse era stato lui a rubarle i dati, Hugo l'aveva scoperto, ed era finita in tragedia? Oppure proprio quella sua antipatia tanto esibita lasciava pensare che non c'entrasse niente? Si passò una mano sulla faccia. «Allora noi andiamo. E Pinetta viene con noi» disse. Si avvicinò al cadavere e, superando ancora una volta la repulsione che gli generava, lo afferrò per i piedi e si preparò a svolgere quel compito ingrato.

Portare via il corpo di Hugo non fu proprio una passeggiata. La differenza di altezza tra lui e Mariela rese tutto più complicato; ci misero più del previsto e non riuscirono neppure ad arrivare al posto in cui avevano concordato di lasciarlo, ossia uno sgabuzzino che si trovava in fondo al corridoio dei dormitori. Oltre all'accesso principale, sia i dormitori che la *guest house* avevano due porte alle altre estremità di ciascun edificio, che fungevano da uscite d'emergenza, e che spesso venivano usate dai ricercatori per uscire ed entrare.

«Niente, lo lasciamo qua» disse infine Mariela, stravolta. Era in affanno e aveva il volto imperlato di sudore.

«Se volete continuo io...» propose Pinetta, ma era più pallida del morto e tremava ancora come una foglia.

Mariela scosse la testa. «Tanto è solo un diversivo, dopo lo portiamo in infermeria.»

Avevano a malapena varcato l'uscita d'emergenza, e si erano accostati al muro esterno dei dormitori.

«Ma qui gli altri non lo vedranno?» chiese Pinetta.

«Sono tutti in mensa» osservò Gabriele. «E noi ci metteremo poco. Non lo troveranno.»

Rientrarono e si misero a cercare la stanza di Matt. Per fortuna Gabriele sapeva dove si trovava. Avevano ancora il passe-partout che avevano usato per la stanza di Jorge. Ciò nonostante esitò. «Sicura che sia la cosa giusta da fare?» disse girandosi verso Mariela.

«Non credo che abbiamo molta scelta...» replicò lei.

«Va bene, ma stiamo comunque facendo una cosa che non ci compete...»

«L'abbiamo già fatto con Jorge.»

«Ma in quel caso non era un omicidio.»

«Scusate» intervenne Pinetta. «Io ho paura, per davvero... Non sappiamo quando saremo in grado di parlare con la polizia, e io, con un assassino che gira... non...»

La sua voce era macchiata di panico.

«Va bene, Pinetta, non ti preoccupare» disse Mariela toccandole un braccio. «Stiamo facendo del nostro meglio. E comunque io e Gabriele non permetteremo a nessuno di farti del male. Stai con noi e andrà tutto bene.»

Lei annuì, e una volta di più Gabriele ammirò la calma di Mariela. Quest'ultima lo guardò.

«Va bene» disse infine lui, «lo faccio», e infilò il passe-partout nella serratura.

«Scusate, so che sono un peso, e che forse non dovrei neppure stare con voi, visto che sono del tutto inutile, ma ho paura, e poi non so mentire... Se fossi rimasta con gli altri mi sarebbe sfuggito qualcosa, e...» attaccò Pinetta, la voce che iniziava a farsi lamentosa.

«Va tutto bene» disse Mariela, mentre Gabriele apriva la porta. «Puoi comunque darci una mano con la perquisizione.»

Finalmente entrarono, e si trovarono davanti la copia esatta della stanza di Jorge. Stavolta, però, le grucce erano tutte occupate, e c'era un bel po' di confusione. Il letto era sfatto, il pigiama gettato alla rinfusa tra le lenzuola. C'erano fogli di carta ovunque, che Gabriele identificò come articoli di vario genere che Matt si era stampato; molti ricercatori, soprattutto quelli della generazione precedente alla sua, non si erano mai abituati a leggere a schermo, e preferivano stamparli, anche per annotarli con appunti di vario tipo. Era quello che aveva fatto Matt. Gabriele prese in mano alcuni fogli: erano pieni di sottolineature e scritte. Iniziò a raccoglierli in giro e ad analizzarli.

«Cosa stiamo cercando, esattamente?» chiese Mariela.

Gabriele continuò a esaminare i fogli. «Non saprei... Qualsiasi cosa possa farci capire perché Matt avrebbe potuto uccidere Hugo o rubare i dati di Samantha.»

«Sei ancora convinto che le due cose siano collegate?»

«Be', vicino al corpo di Hugo c'era l'hard disk: o l'ha preso lui, o l'ha fatto il suo assassino, e mi sembra abbastanza verosimile che Hugo abbia potuto sorprendere quest'ultimo coi dati in mano e che sia morto proprio per questo. Anche se, ve lo devo confessare, io spero ancora che sia stata una caduta accidentale. Quella roba che hai detto dell'ictus... è plausibile?» chiese Gabriele alzando gli occhi dagli articoli.

«In linea puramente teorica sì, ma dopo tutto quello che è successo stanotte mi sembra un po' improbabile.»

Gabriele sospirò. «Mi sa che purtroppo devo concordare...», e mostrò gli articoli a Mariela e Pinetta. «Ce ne sono svariati firmati da Samantha come prima autrice.»

Pinetta si avvicinò e li osservò.

«Studiano la stessa cosa, loro due?» chiese Mariela.

«No, non mi pare... Se non sbaglio Matt si occupa di variabilità stellare, e infatti ci sono anche articoli sull'argomento. Peraltro, gli appunti sono abbastanza rivelatori.»

Anche Mariela si avvicinò, e prese uno dei fogli che Gabriele teneva in mano. A parte alcuni commenti tecnici che la ragazza non poteva comprendere, tutti comunque abbastanza taglienti e seguiti da eloquenti punti esclamativi doppi e tripli, c'era anche una serie di insulti.

«Comunque, che si stavano antipatici lo sapevamo» osservò Gabriele.

«È lo stesso un indizio ulteriore» disse Mariela.

«Ma non basta» ribadì lui.

«Certo che vuoi essere proprio sicuro...» osservò Pinetta, che adesso sembrava un po' più calma.

«Lo stiamo accusando di omicidio...» le rispose Gabriele. «Su, vediamo che altro c'è.»

Iniziarono a frugare in giro: Gabriele si dedicò a cassetti di vario genere, mentre Mariela si era spostata in bagno. Pinetta invece andò verso il letto, e iniziò dai comodini.

Certo, senza sapere di preciso cosa cercare, con ogni probabilità tutta quell'operazione non avrebbe portato a niente, non poté impedirsi di pensare Gabriele, ma la verità era che voleva ritardare il più possibile il momento in cui avrebbero dovuto fare i conti con Matt; e poi aveva scoperto che tutta quella storia in realtà lo stava aiutando a distrarsi: era sempre stato un appassionato di gialli, ma a indovinare l'assassino era una vera schiappa; non sapeva leggere gli indizi, si faceva sempre fregare dall'autore e seguiva false piste. Adesso però tutta quella storia lo stava appassionando, e gli impediva di riflettere sul fatto che erano isolati da tutto e tutti, che in mezzo a loro poteva esserci un assassino, e che non c'era nessun posto in cui sarebbero potuti scappare. Quando stai male ti attacchi a qualsiasi cosa che possa aiutarti a superare l'angoscia, e quell'indagine sgangherata gli stava dando una bella mano a non cedere al panico.

Le sue riflessioni vennero interrotte dalla voce tremante di Pinetta: «Okay, credo di aver trovato qualcosa... Qualcosa di significativo.»

7

2.30 (UTC-XX)

Pinetta teneva in mano una foto. Immortalava due uomini, Matt e un altro tizio un po' più giovane, coi capelli rossi e la barba sfatta. Sorridevano, e Matt gli teneva un braccio sulle spalle. Erano molto vicini, probabilmente si trovavano a una festa, come lasciavano intendere la tovaglia immacolata disseminata di piatti con residui di cibo e svariati bicchieri in parte vuoti e in parte mezzi pieni, che dovevano aver contenuto vino.

«Be'?» chiese Gabriele, che non capiva granché.

«Lui lo conosco» disse Pinetta indicando l'altro uomo nella foto. «È l'attuale compagno della professoressa Bridges.»

«È un astronomo anche lui? Perché io non l'ho mai visto» chiese ancora Gabriele.

Pinetta scosse la testa. «No, è un antropologo, credo.»

«Be', hanno una conoscenza in comune, non mi pare una cosa strana...» insistette Gabriele. Non sapeva perché stava cercando in tutti i modi di scagionare Matt; forse una parte di lui sperava ancora che si trattasse di un incidente. Pinetta, però, girò la foto e gliela porse.

To my love, forever
XXX
David

In un angolo in alto c'era anche una data: risaliva a giugno dell'anno prima.

«Non so esattamente da quanto stanno assieme, ma io ho iniziato a vederlo all'inizio di quest'anno. Questa, peraltro, è la cena sociale di un congresso a cui sono stata anch'io. È stata la prima volta che ho visto la dottoressa dal vivo, prima ci eravamo sentite solo via mail.»

Gabriele sospirò.

«Gavriele» lo chiamò Mariela, al solito arrotondando la *b* in *v*, «credo che due indizi facciano una prova... e se ci mettiamo anche l'evidente antipatia che Matt ha per quella donna...»

«Lo so, lo so» capitolò Gabriele. «Lo dobbiamo interrogare.»

Per una volta, gli altri ricercatori gli avevano dato retta ed erano rimasti tutti in mensa. Qualcuno si era fatto un tè, qualcun altro aveva aperto una bottiglia di vino. In realtà, da quelle parti l'alcol era vietato, perché aumentava i disagi dovuti all'altitudine; qualcuno però trovava sempre il modo di ovviare al problema, e il vino, tutto sommato, era abbastanza tollerato. Samantha, come al solito, era livida. Mariela e Pinetta, con non poca fatica, erano andate a portare il cadavere di Hugo in infermeria, mentre Gabriele si era preso l'ingrato compito di andare a prelevare Matt.

Finché si trattava di indagare in maniera astratta, girando per stanze e cercando prove, la cosa lo divertiva e distraeva; interrogare qualcuno, invece, gli metteva addosso un'ansia senza pari. Pensò a Sherlock Holmes, a Montalbano, a Miss Marple, che forse in quel momento era il personaggio al quale si sentiva più simile: in fondo, anche lei era un'investigatrice per caso. Si domandò cos'avrebbe fatto ciascuno di loro, stupidamente si chiese se la prima volta che avevano dovuto interrogare un sospettato si erano sentiti come lui, preoccupati, fuori posto, persino un po' in colpa.

Sono tutti personaggi immaginari, idiota, si disse, ma comunque quel pensiero era in grado di placare un po' l'ansia.

«Novità?» chiese Samantha.

«Per ora no» disse Gabriele, poi cercò le parole per chiamare Matt e isolarlo dagli altri senza destare troppi sospetti. Ancora non erano sicuri della sua colpevolezza, e Gabriele continuava a voler evitare che tutti iniziassero a considerarlo un assassino. Se possibile, anche nel caso in cui avessero scoperto che era stato proprio lui, avrebbe comunque preferito che gli altri non venissero messi al corrente della cosa. Aveva sempre avuto questa strana tendenza: quando leggeva i libri gialli, provava sempre una certa dose di empatia – e nei casi peggiori persino di identificazione – coi colpevoli. È che si chiedeva sempre se lui, nelle loro stesse condizioni, si sarebbe comportato meglio, o non avrebbe invece dimostrato di essere in fin dei conti una persona un po' spregevole. Giudicare gli altri non gli era mai piaciuto granché, forse era un riflesso di quella sua tendenza, oppure una conseguenza della scarsa autostima che aveva iniziato a tormentarlo dai tempi dell'università, e che ancora non l'aveva abbandonato. Il mondo della ricerca era estremamente competitivo, e Gabriele non si era mai sentito portato per il confronto con gli altri, che gli sembravano sempre migliori, più bravi e ambiziosi di lui.

In ogni caso, ora scopriva di provare la stessa simpatia anche per i *veri* sospettati di omicidio.

Ci dev'essere qualcosa di parecchio sbagliato, in me, si ritrovò a pensare. Oppure in tutta questa storia c'è qualcosa che non ti torna, gli rispose un'altra vocina. Ed era vero. Era come se ci fosse qualcosa di importante che non stava tenendo in considerazione, qualcosa che si muoveva al margine della sua coscienza, senza che lui riuscisse mai a metterlo del tutto a fuoco. Comunque, c'erano delle prove, e doveva ammettere che fare un paio di domande a Matt aveva senso.

«Matt» disse deglutendo. Di nuovo gli si era seccata la bocca. L'uomo si girò, uno sguardo interrogativo in volto. «Ci sono un paio di cose che uno degli ingegneri avrebbe bisogno di chiederti; siccome le cose stanno andando più spedite del previsto con l'impianto elettrico, hanno deciso di occuparsi un po' anche dei telescopi. Tu tra noi sei il più anziano, e...»

«Be', grazie molte per l'onestà, ma ho cinquantasei anni, mica ottanta...» rispose lui.

«Anziano in termini di esperienza! Di conoscenza degli strumenti!» si affrettò a correggersi Gabriele.

«Sì, sì... dicono tutti così», e si alzò.

«Quanto ci vuole, ancora, in linea di massima?» chiese Samantha.

«Questo Amélie ancora non ce lo sa dire.»

«Ma invece di lavorare seriamente sulle linee telefoniche per chiamare la polizia, si mette a cincischiare coi telescopi...» osservò Samantha.

Gabriele arrossì fino alla punta dei capelli: la donna non aveva tutti i torti. «Lo sai anche tu che qui stiamo parlando di strumenti da miliardi di euro, di possibili settimane di inattività e lavoro perso, e...»

«Va bene, ho capito» disse l'altra, e si alzò. «Io me ne vado in stanza. I miei dati non si salvano da soli.»

Gabriele non seppe esattamente come comportarsi. Era meglio che restasse ancora là insieme agli altri? Oppure, tutto sommato, mentre Matt era con loro, tornarsene in stanza era sicuro? E se la colpevole invece fosse stata Pilar? O addirittura Samantha? Ci aveva pensato, prima: magari aveva scoperto che Hugo le aveva rubato i dati e l'aveva ammazzato per vendicarsi. Scosse la testa: stava iniziando a sparare ipotesi a casaccio.

«Pure io me ne tornerei volentieri a dormire» disse Pilar, alzandosi a sua volta. «A meno che tu non abbia bisogno anche di me...»

«No, no, Matt mi basta.»

«Le altre dove sono?» chiese Pilar.

«Mariela voleva fare qualche altra verifica sul corpo di Hugo» disse Gabriele. «Ci metteranno un po'. Andiamo?» si rivolse poi a Matt, senza fare ulteriori commenti.

Ognuno se ne andò per la sua strada, e Gabriele si preparò al suo ingrato compito.

«Dobbiamo andare alla centrale elettrica?» chiese Matt.

Gabriele non sapeva che dire. Si era messo

d'accordo con Mariela e Pinetta: dopo aver portato Hugo in infermeria, le due li avrebbero aspettati nella stanza di Matt.

«Amélie è qui fuori» disse mentre percorrevano il corridoio che portava ai dormitori.

«E che ci fa? Se dobbiamo parlare dei telescopi non avrebbe più senso, al massimo, andare nella *control room*?»

Gabriele deglutì e continuò a procedere in silenzio.

«Mi dici che sta succedendo?» chiese Matt, ma non ebbe bisogno di una risposta: appena vide la porta della sua stanza aperta, semplicemente girò i tacchi e si mise a correre.

Gabriele fu preso alla sprovvista; si girò e vide soltanto la schiena di Matt che si allontanava a gran velocità. Ci mise un po' a reagire, ma poi si mise a correre anche lui, il cuore che gli batteva a mille.

Pensò che lo avrebbe perso; chissà dove sarebbe andato a nascondersi, e se davvero era lui l'assassino – sta scappando, è *per forza* l'assassino, gli disse una voce – sarebbe stato un bel problema. Avrebbe potuto colpire uno chiunque tra loro, avrebbe potuto nascondersi dove voleva, nessuno si sarebbe sentito più al sicuro. Pensò a Samantha che si incazzava come una iena, a Pinetta che si faceva venire un altro attacco di panico, e accelerò al limite estremo che le sue gambe di astronomo sedentario, che la palestra la vedeva solo in foto, riuscivano a sopportare. Ma per fortuna era un bel po' più alto di Matt, e alla fine riuscì a raggiungerlo. L'ultimo metro lo fece letteralmente volando: si lanciò in avanti, lo afferrò per la vita come nel migliore dei placcaggi di rugby, e caddero tutti e due a terra, precisamente nel punto in cui si era schiantato Hugo qualche ora prima.

«Lasciami!» urlò Matt con tutto il fiato che aveva nei polmoni.

Gabriele gli mise istintivamente una mano sulla bocca; se gli altri lo avessero sentito sarebbe stato l'ennesimo casino. Avrebbe dovuto chiarire, spiegare, bloccare Samantha, che di sicuro gli sarebbe saltata al collo...

Lottarono a terra, un combattimento che, si disse Gabriele, da fuori doveva apparire abbastanza comico: uno spilungone secco come un chiodo e un uomo panzuto di mezza età, entrambi con un'esperienza pari allo zero spaccato nelle risse, che si agitavano scompostamente a pochi passi da un giardino sperduto in mezzo a un deserto sconfinato. Se fosse stato un libro, sarebbe stata una commedia.

Comunque, chissà come Gabriele azzeccò un pugno: glielo assestò allo stomaco, e Matt rimase a terra, piegato in due.

Nel frattempo era accorsa Mariela. «Tutto okay?»

«Eh, insomma» disse Gabriele accarezzandosi la mano che aveva usato per colpire. Anche se era andato sul morbido, gli faceva comunque male.

Pappamolle...

Insieme tirarono su un Matt dolorante, che però aveva ritrovato la parola.

«Tutto questo è un reato, non avete alcun diritto...» disse con la voce strozzata.

«Vogliamo solo parlare» replicò Gabriele mentre lo trascinavano nella sua stanza.

«Sì, come no... Avete tutti perso la testa... state impazzendo...»

Lo portarono dentro; Pinetta li aspettava seduta sul letto, e appena li vide entrare scattò su come sospinta da una molla. Matt, che doveva aver recuperato un minimo di verve, provò di nuovo a divincolarsi, ma Gabriele e Mariela lo tenevano ben stretto.

Pinetta chiuse a chiave la porta, Mariela e Gabriele provarono a farlo sedere. Matt scattò di nuovo su, lanciandosi verso la porta. Gabriele dovette riacciuffarlo al volo, per poi gettarlo sul letto.

«Lo sapete cos'è questo?» disse Matt rassegnandosi. «Sequestro di persona. E quant'è vero iddio ve la farò pagare cara. Appena ci saranno di nuovo i telefoni, vi denuncio.»

«Non vogliamo farti niente di male. Se tu non fossi scappato...» iniziò Gabriele.

«Da te non me lo sarei mai aspettato... Da quella stronza di Samantha sì, ma tu... e lei... siete tutti impazziti» disse tra i denti.

«Perché allora sei scappato?» chiese Mariela, seria e, a quanto sembrava, ben calata nel suo ruolo di poliziotto cattivo.

Matt la guardò. «Davvero? Cioè, me lo stai chiedendo davvero?»

«È come se avessi avuto qualcosa da nascondere...» provò Gabriele, molto meno convinto nella parte che gli era toccata.

«Scappavo da voi! Da tutta questa follia! Scusa», e guardò Gabriele, «ma tu non avresti fatto lo stesso se un pazzo avesse provato a catturarti per accusarti di omicidio?»

«E tu che ne sai che vogliamo accusarti?» disse Mariela, sempre più dura.

Matt alzò gli occhi al cielo. «Mi avete proprio preso per un idiota... Mi portate fuori dalla mensa con una scusa, mi trascinate qua... Mi sembra ovvio che vi siete convinti che sia stato io ad ammazzare Hugo.»

«Noi non pensiamo proprio niente, okay? Vogliamo solo farti qualche domanda, e poi, se tutto andrà bene, sarai libero di andartene» disse Gabriele, sentendosi un po' meno a disagio nei panni del poliziotto buono.

«Certo... come no. Voi volete un colpevole, tutto qua, e non vi fermerete finché non l'avrete trovato. E per qualche ragione che non capisco avete deciso che sono io. Ma avete preso un grosso abbaglio. Io non avevo nessuna ragione per far del male a Hugo: è sempre stato un amico, una persona che stimo... anzi, stimavo» si corresse.

«No, certo, non avevi problemi con Hugo; ma con Samantha?» disse Mariela.

Matt impallidì. «E Samantha che cazzo c'entra?»

Gabriele prese una sedia e si accomodò davanti a lui. «Ora te lo spieghiamo, okay? Del resto, una persona deve avere la possibilità di difendersi al meglio.»

«Perché, adesso questo è diventato un processo? Sommario, direi...»

«No... è che...» s'impappinò Gabriele.

«Fagli vedere la macchia» lo trasse d'impaccio Mariela.

Gabriele tirò fuori il cellulare e gli mostrò la foto della chiazza di sangue.

Proprio come aveva fatto lui un'ora prima, anche Matt aguzzò gli occhi nel tentativo di decifrarla. «Che è?» chiese infine.

«Hugo, prima di morire, ha scritto qualcosa col sangue sul pavimento» spiegò Gabriele.

Matt si fece ancora più avanti per cercare di guardare meglio, poi sembrò capire. Ridacchiò amaro. «Okay, la prima è una M, il resto però è totalmente incomprensibile. Ma poi dove siamo, in un giallo di quarta categoria, col morto che scrive per terra col proprio sangue?»

«È una scritta, dunque, sei d'accordo anche tu» intervenne Mariela. «Ammetto che non sia chiarissima, ma tu cos'avresti fatto al posto nostro?»

«Mi sarei seduto in mensa con tutti gli altri e avrei aspettato che le dannate linee telefoniche venissero ripristinate.»

D'improvviso, Gabriele si ritrovò a dargli ragione. Ma quanto sarebbe stato meglio se avessero lasciato perdere fin dal principio?

«Se Hugo è stato ucciso» riprese Mariela, «come d'altronde ogni cosa lascia pensare, siamo tutti in pericolo.»

Matt fece un gesto d'insofferenza. «Va bene, diciamo che avete l'ombra vaghissima di un indizio che avete voluto interpretare a modo vostro. Ma davvero pensate che quella roba assurda scritta per terra possa bastare a farmi incriminare da chicchessia? E poi vi ho detto che io e Hugo eravamo amici», e indicò una foto sulla scrivania: c'era il personale dell'osservatorio, astronomi di turno, ingegneri, e tutte le persone che ci lavoravano nelle ore diurne. Era stata scattata un giorno in cui Gabriele non c'era: i due erano vicini, e Matt teneva un braccio sulle spalle di Hugo.

«Ti abbiamo già detto che non pensiamo che tu avessi qualcosa contro Hugo; magari lui è solo rimasto preso in mezzo, ha scoperto che avevi fatto qualcosa di male a qualcuno... come Samantha» disse Mariela, e fece un segno con la testa rivolgendosi a Gabriele, che tirò fuori la fotografia da una tasca dei pantaloni e la tese a Matt.

Il volto dell'uomo cambiò non appena la vide; prima fu attraversato da un lampo di tenerezza, poi da una rabbia profonda. «Avete frugato tra le mie cose?» La sua voce vibrava di ira repressa.

«È il nuovo compagno di Samantha, giusto?» lo ignorò Mariela.

Matt distolse lo sguardo. «E quindi?»

«Com'è andata? Ti ha lasciato lui?» insistette Mariela.

«Sono cose private.»

«Te l'ha rubato?»

«Ma che cazzo ne sapete voi!» sbottò Matt.

Intervenne Gabriele: «Ti ripeto che vogliamo solo capire. E se proprio vuoi saperlo, io non ci credo che sei stato tu. Però se continui con questo atteggiamento...»

«Avete frugato tra le mie cose, mi accusate di omicidio, e adesso mi chiedete anche cose molto personali... Ma che tipo di atteggiamento dovrei avere, secondo te?»

Gabriele sospirò. «Com'è andata?»

Matt si prese del tempo. Stava evidentemente ponderando cosa dire, e come. Alla fine sembrò aver trovato una risposta: «Sentite, sì, io Samantha non la sopporto. E comunque David è stato solo la goccia che ha fatto traboccare il vaso. Quella donna è una stronza, una maledetta stronza che si prende tutto quello che vuole: voleva David e se l'è preso. Sapeva che stavamo insieme, sapeva che gli avevo chiesto di sposarci, e non gliene è fregato niente, perché lei è così: nel lavoro, negli affetti, nella vita. Ma comunque anche lui si è dimostrato un gran pezzo di merda, e infatti, se lo volete sapere, ce l'ho più con lui che con lei.»

«E allora perché hai conservato questa foto?» intervenne Mariela.

«Perché è stato l'amore della mia vita, va bene?» sbottò Matt. «Quella è stata l'ultima volta in cui siamo stati felici, in cui *io* sono stato felice. E me lo voglio ricordare. E sapete perché? Perché io non porto rancore. Fanculo, la vita è troppo breve per stronzate del genere, e già la depressione me ne ha mangiata metà. Ho fatto un percorso, e ho imparato a lasciar correre. Per cui sì, David è stato un bastardo, e Samantha è e resta una stronza che non sopporto, ma non mi interessa vendicarmi. A che pro? David è andato, e anche fregarle i dati a cosa sarebbe servito? Samantha ha le mani in pasta in duecento lavori, pubblica dieci articoli al mese, metà dei quali non li ha manco letti: sono il frutto del lavoro dei suoi dottorandi e collaboratori, che alla fine non figurano neppure come primo nome. Rallentarla non serve a niente. Le persone come lei vincono sempre, è inutile combatterci. Perché la più stronza di tutte è la vita.»

Gabriele non riusciva a non empatizzare. Guardò Mariela con occhi da cane bastonato, e anche lei sembrava un po' meno convinta e dura.

«Dove sei stato tra il momento in cui io e Gabriele siamo andati a perquisire la stanza di Jorge e quello in cui Pinetta ha trovato il corpo?» disse infine lei.

«Nella *control room*» rispose Matt scoraggiato.

«Da solo?»

«Da solo» disse. «Pilar se n'era andata a dormire, Hugo era a farsi ammazzare, e voi stavate in giro.»

Gabriele e Mariela si guardarono. Poteva essere vero, ma non c'erano prove. Oppure poteva essere falso, Matt sapeva di essere in trappola e, senza avere un alibi, aveva detto la prima cosa vagamente plausibile che gli era venuta in mente.

Gabriele diede voce ai pensieri che, ne era certo, anche Mariela stava elaborando: «Io vorrei crederti, ma senza prove...» attaccò.

Un silenzio pesantissimo calò sulla stanza. Pinetta, che non aveva detto una parola, se ne stava rannicchiata nel suo angolino; aveva preso a mangiarsi accanitamente l'unghia del pollice. Mariela guardava il pavimento, Gabriele guardava Matt, nella speranza disperata che quest'ultimo gli fornisse un appiglio qualsiasi che gli permettesse di dimostrare la sua innocenza, ma l'uomo si mordeva il labbro, evidentemente impegnato a cercare di costruirsi un alibi degno di questo nome. Poi, d'un tratto, Gabriele lo vide raddrizzarsi, mentre un lampo improvviso gli attraversava le pupille.

«Fermi tutti!» disse, lo sguardo che vagava speranzoso tra Gabriele e Mariela. «Un modo per provare dove fossi e cosa stessi facendo c'è!»

8

3.30 (UTC-XX)

«Sono stato al computer. Sono stato al computer per tutto il tempo. Potete controllare.»

Mariela si girò verso Gabriele, l'aria interrogativa. Lui fece mente locale.

«Sì, credo sia possibile, ma non sono sicuro di essere capace di farlo... e poi, il computer sarà ancora accessibile? Non è che la batteria si è scaricata?»

«Dal black-out quanto tempo sarà passato... Tre, quattro ore?» disse Matt.

A saperlo, pensò Gabriele, poi si ricordò dell'orologio che teneva sempre al polso, e che quella sera non aveva guardato neppure una volta. Si diede una gran bella manata sulla fronte, quindi lo guardò. «Sono passate sei ore...» disse piano. Sei ore in cui era successo di tutto, nonostante non avessero cavato un ragno dal buco. A parte la storia del sabotaggio, tutto il resto era avvolto nella nebbia più fitta.

«E allora siamo un po' al limite, ma da quando sono sceso in mensa è andato in stand-by, quindi dovrebbe essere ancora acceso. Certo che se restate qua a perdere tempo, si spegne e addio al mio alibi.»

Gabriele guardò Mariela.

«Se volete posso andare a controllare io» disse Pinetta smettendo per un attimo di mangiarsi l'unghia del pollice.

«Meglio di no. Non mi sembra che tu stia ancora abbastanza bene per andare in giro da sola» intervenne Mariela.

Pinetta mise giù il pollice d'istinto, e lo nascose nel pugno.

«Vado io, okay?» disse Gabriele. «E voi rimanete qui con Matt.»

«E certo! Qualcuno deve tenere d'occhio il criminale...» protestò lui sbuffando.

«Se non sei stato tu, qualcuno potrebbe comunque aver buttato di sotto Hugo e se è davvero così vorrebbe dire che quella persona sta ancora girando indisturbata per questo posto; dovresti sentirti al sicuro a stare qui dentro in compagnia» osservò Gabriele.

«Magari è stata una di queste due e senza volerlo mi stai consegnando al mio assassino.»

Gabriele alzò gli occhi al cielo. «Va bene, ci metto un attimo. Sono rimasti dei walkie-talkie nella *control room*?»

«Non c'ho guardato, ma immagino di sì; noi

ne abbiamo usati due, se non erro, quindi dovrebbero essercene ancora quattro o giù di lì.»

Gabriele si passò la mano tra i capelli. «D'accordo, vado lì e faccio tutto. Tu devi solo dirmi la password del pc.»

«Te la dico appena arrivi su. È complicata, non te la ricorderesti.»

Gabriele annuì, quindi sentì Mariela toccargli un braccio. «Stai attento, okay?» gli disse piano. Lui arrossì di nuovo, mentre un'ondata di senso di colpa tornava ad avvolgerlo per il piacere procuratogli da quell'insolito sviluppo di una faccenda così drammatica. «È tutto a posto, farò attenzione» la rassicurò con la voce che gli tremava leggermente.

«Che scena commovente...» disse Matt.

Mariela lo guardò storto. «Stai facendo proprio di tutto per renderti simpatico» osservò.

«Servisse a qualcosa...»

Gabriele aprì la porta e uscì. Percorse il corridoio, che gli parve d'improvviso più spettrale del solito. Le righe di codice scritte sulla moquette grigia gli ricordarono quel che stava andando a fare. Ne sarebbe stato capace? Da ragazzino per un certo periodo aveva avuto una fascinazione per gli hacker, e aveva cercato di imparare qualche trucchetto. Poi però non li aveva usati più di tanto: lo studio si era portato via più o meno tutte le sue passioni che esulassero dalla fisica. Gli era rimasto giusto un po' di tempo per un filarino con una compagna di corso, che era miseramente naufragato quando lei era andata a fare il dottorato all'estero. Si erano giurati eterno amore, «Ti aspetterò, ci sentiremo tutti i giorni...», dopodiché lei, al secondo mese, prima gli aveva chiesto una pausa di riflessione e poi gli aveva direttamente detto che quella storia non funzionava e dovevano lasciarsi. Tutto via Skype. Un paio di settimane dopo, su Facebook era spuntata una sua foto con un bell'americano muscoloso, biondo e con gli occhi azzurri. Gabriele aveva sospirato e si era rassegnato. Era così che andavano le cose: studiare per laurearsi in tempo, possibilmente col massimo dei voti – e lui aveva mancato la lode –, e poi dottorarsi, lavorando comunque al massimo delle sue possibilità all'interno del gruppo di ricerca. E poi pubblicare, pubblicare, pubblicare, per non restare indietro, per far carriera e continuare con un lavoro che, al netto della fatica e dello stress, rimaneva quello dei suoi sogni. Ricordava ancora la sensazione di stupore provata da bambino, quando suo padre gli aveva fatto vedere Giove con il piccolo telescopio che gli aveva regalato per la Comunione – sì, i suoi erano religiosi. Era stato allora che aveva deciso che sarebbe stato uno scienziato, e non aveva più cambiato idea. Ma adesso? Ne valeva ancora la pena? Non era arrivata nessuna scoperta sensazionale, e aveva l'impressione di non essere poi questo granché, nel suo lavoro. Era uno dei tanti, senza infamia e senza lode. Okay, quelli come lui servivano, per certi versi tenevano in piedi la baracca col proprio lavoro, ma non era esattamente quello che si era immaginato da piccolo, quando si azzardava a sognare il premio Nobel.

Non si accorse neppure di aver percorso lo spazio che lo separava dalla *control room*. Era davanti alla porta, dove l'avevano portato le sue gambe, quasi muovendosi per conto proprio. Era così abituato a quel tragitto che ormai lo faceva in automatico.

Sono diventato un travet della scienza...

Ma lavori in uno dei posti più incredibili al mondo, e hai in mano strumenti da miliardi di euro; senza di te neppure una come Samantha potrebbe pubblicare, gli ripeté l'altra voce, che da un po' aveva iniziato a farsi sentire dentro di lui.

Quel monologo interiore iniziava a preoccuparlo.

Aprì la porta e si ritrovò nella *control room* deserta. Gli fece uno stranissimo effetto; in genere qualcuno lì c'era sempre, e del tutto vuota non l'aveva mai vista. Improvvisamente era un posto alieno che stentava a riconoscere, tanto che all'inizio ebbe problemi a ricordare quale fosse la postazione di Matt. Del resto, Gabriele non era mai stato uno portato a notare i dettagli, men che meno a ricordarseli. Per fortuna, c'erano alcuni post-it con dei riferimenti alla variabilità stellare. Il laptop sembrava spento. Pigiò a caso sulla tastiera e pregò. Lo schermo si accese, e lui tirò un lungo sospiro di sollievo. Ogni tanto qualche botta di fortuna capitava anche in quella notte dominata dalla sfiga. Accese il walkie-talkie mentre si sedeva.

«Sono nella *control room*. Qual è la password?» I brevi istanti di statica che seguirono la sua domanda lo fecero entrare nel panico: e se l'alibi di Matt fosse stato solo una scusa per farlo allontanare da lì? Se aveva fatto qualcosa a Pinetta e Mariela?

Oddio, ho lasciato sole due donne con un possibile omicida!

Poi, però, la voce di Matt rispose, e Gabriele capì che, semplicemente, Mariela doveva avergli passato il walkie-talkie.

«Ti faccio lo spelling perché è complicata» disse, e iniziò a dettargliela.

In effetti era una combinazione piuttosto astrusa di lettere e numeri in cui Gabriele non riuscì a trovare alcuna logica evidente, eppure nonostante questo Matt se la ricordava a memoria. Gabriele premette INVIO, ma non funzionò.

«Dice "password errata"» disse, mentre l'ansia saliva. Forse davvero era tutto un dannato diversivo.

«Hai scritto bene?» insistette Matt.

«Credo di sì... Certo, con il walkie-talkie non è che si senta benissimo...»

«Metti la password visibile e riproviamo.»

Obbedì, se la fece ripetere due volte per essere sicuro di aver fatto tutto bene, ma nulla: di nuovo password errata. Seguì un lungo silenzio, durante il quale ognuno di loro cercò di capire quale fosse il problema. Poi il walkie-talkie gracchiò di nuovo.

«Scusa, dove sei seduto?»

Gabriele si guardò intorno. «La postazione con dietro il poster della nebulosa Occhio di Gatto.»

Matt imprecò. «È la postazione di Hugo, idiota.»

Gabriele fu preso in contropiede. Si guardò intorno confuso, e di nuovo ebbe la netta sensazione di trovarsi in una specie di realtà parallela, dove tutto era vagamente simile al mondo che conosceva, ma profondamente diverso. «Ma... ma...» balbettò.

«È dall'altro lato, di fronte a quella dove ti trovi.» Era la voce di Mariela; persino lei lo sapeva, e lui invece no.

Gabriele si alzò rapidamente, come se qualcuno lo stesse guardando e giudicando, e si accomodò alla postazione giusta. Dal punto di vista della personalizzazione era praticamente asettica: un gran caos di articoli di ogni genere, ma di personale non c'era pressoché niente, a parte una calamita con la copertina di *God Save the Queen* dei Sex Pistols. Gabriele si disse che, visto che Matt era l'unico inglese tra loro, forse avrebbe potuto arrivarci che era quella la sua postazione.

I Sex Pistols piacciono anche ai non inglesi, disse però la voce saggia, e lui scosse la testa. Stava iniziando a essere sempre meno lucido. Bisognava concludere quella storia il prima possibile.

«Okay, mi ripeti la password?»

Matt sbuffò ma obbedì per l'ennesima volta. Questa volta andò bene al primo colpo, e Gabriele si ritrovò davanti la schermata iniziale del pc. Sullo sfondo c'era l'immagine iconica di Paul Simonon dei Clash che distruggeva il suo Fender Precision Bass. Matt doveva proprio amare il punk, una cosa che Gabriele davvero non avrebbe mai sospettato.

C'erano parecchie finestre aperte; quella della casella di posta, il browser con le notizie, e poi una *shell*, una finestra per impartire comandi testuali al computer, nella quale Matt aveva evidentemente lavorato fino a quando non aveva lasciato la sua postazione.

Il walkie-talkie gracchiò di nuovo. «Ti pregherei di controllare solo quando l'ho usato, chiaro?

Mi sto fidando di te a darti la password, ma tu non metterti a frugare tra le mie cose» disse Matt.

Figurarsi quanta voglia aveva Gabriele di farsi gli affari di Matt; quello pettegolo era lui, Gabriele si era sempre fatto i fatti propri. Ricordava ancora quella volta in cui una tipa aveva iniziato a litigare col ragazzo al telefono davanti alla stanza in cui viveva durante il dottorato: quando la sua ragazza, la stessa che l'aveva lasciato via Skype, gli aveva chiesto di origliare e dirle chi era, aveva attaccato con un pippone sulla privacy dicendo che gli sembrava inopportuno.

«Sai come si fa a vedere la *history* del terminale?» continuò Matt.

«Credo di sì...» disse Gabriele iniziando a smanettare sulla tastiera. Aprì una *shell* e iniziò con la cosa più ovvia: il comando *history*. Venne fuori un elenco di comandi che mostravano ricerche su internet sulle quali non volle indagare, e poi, in effetti, cose di lavoro legate alla riduzione dati, più dei comandi LaTeX, il software usato dai ricercatori per scrivere articoli.

Almeno lui pubblica, pensò Gabriele. Comunque, la cosa importante era che fin là la versione di Matt veniva confermata. Solo che mancava l'orario di ogni singolo comando, quindi ancora non poteva prendere per buono il suo alibi.

«Fatto?» chiese Matt.

«Non ancora.»

«Se vuoi ti dico io...»

«No, no, ce la faccio» disse Gabriele. Non era tanto il desiderio di farcela da solo dimostrando a se stesso che tutti gli anni dell'adolescenza passati a sognare di essere un hacker non erano stati buttati, e neppure quello di mostrare a Mariela che era bravo anche coi computer – okay, forse quello un po' sì... Il fatto era che se fosse stato Matt a dirglielo sentiva di non potersi fidare del tutto. In fin dei conti era il suo alibi che stava cercando di verificare, e si sentiva più sicuro a farlo da solo. Scandagliò i ricordi. Gli venne un'idea. Definì la variabile locale che gli serviva, quindi riprovò col comando *history*.

Bingo.

La lista, ora, era corredata dei vari orari, e non c'era alcun dubbio: Matt era rimasto a lavorare al suo pc fino a quando non l'avevano chiamato per fargli vedere il corpo di Hugo. Era possibile risalire anche al momento del black-out, quando aveva provato inutilmente a scaricare la posta e a navigare. Da quel momento in poi, aveva solo lavorato un po' all'analisi dati, che aveva lanciato in background lasciando che il programma girasse da solo, e un po' all'articolo.

«Sei sempre stato qua» disse Gabriele.

«Ecco! Che vi avevo detto? Adesso mi liberate, vero?»

Gabriele staccò il walkie-talkie. Non aveva

voglia di addossarsi anche la responsabilità di decidere cosa fare ora che Matt era stato scagionato. Aveva bisogno di raccogliere le idee, di riposarsi un attimo. Matt non era stato, Mariela neppure, Jorge il fuggitivo – o qualunque fosse il suo vero nome – a quell'ora aveva già raggiunto la civiltà e con ogni probabilità stava facendo perdere le proprie tracce, e lui stesso, ovviamente, non era stato.

O no? Magari ho una doppia personalità... Magari anch'io ho avuto un black-out, come quella tipa che ha ammazzato il figlio in Italia, e...

Restavano Pilar, Pinetta e Samantha. Si passò una mano sulla faccia, quindi si alzò. Andò in caffetteria, e vide che c'era ancora del caffè americano. Lo odiava, ma aveva bisogno di schiarirsi le idee, e quello era il modo migliore.

Se ne versò una bella tazza e la bevve tutta d'un sorso, come fosse una medicina. Quindi ne riempì un'altra e la mandò giù allo stesso modo. Si massaggiò ancora la faccia, dopodiché si sentì pronto a tornare dagli altri.

Almeno non è stato Matt e non ho sbagliato a lasciarlo con le ragazze, pensava avviandosi all'uscita. Fu in quel momento che le luci decisero di spegnersi. Un buio totale lo avvolse. Di colpo, fu colto da una paura assoluta, come quella che provava da bambino per un incubo, o quando era convinto che ci fosse un mostro nella stanza. Era qualcosa di irrazionale, lo sapeva, ma comunque inarrestabile. Era il suo corpo che reagiva di colpo a tutto quel che era successo quella notte, era lo stress che, infine, esigeva il suo prezzo. Gabriele lasciò che gli scorresse lungo le membra, fino a che non arrivò a rendergli molli le gambe.

Non è finita, ricomponiti, disse a quel punto la voce saggia, e lui obbedì. Accese automaticamente la torcia del cellulare, e intanto riattivava il walkie-talkie.

«Tutto okay da voi? Qui la luce è andata via» disse.

Dall'altro capo ci misero un po' a rispondere. «Buio anche qua» disse infine Mariela, la voce velata di panico.

«Avete i cellulari? Io mi sto facendo luce con quello.»

«Sì, ma la torcia consuma la batteria abbastanza rapidamente, e...»

«Nessun problema. Sto prendendo le torce vere. Arrivo subito.»

Si stupì di quella sua reazione da adulto. Forse aveva superato un qualche tipo di limite, forse la situazione era diventata così assurda che quell'ondata di panico era stata l'ultima, e da quel momento in poi sarebbe stato freddissimo.

Magari, pensò, e dopo aver recuperato quattro torce dall'armadietto se le infilò in tutte le tasche disponibili e, accendendone una, uscì all'esterno.

Camminò rapido, perché sapere Mariela e gli altri avvolti dal buio più assoluto non gli piaceva per niente. Entrò dalla solita porta laterale, ma quando arrivò alla stanza di Matt la trovò di nuovo chiusa. Provò a bussare.

Idiota, saranno andati in mensa, no? Pensare sempre al peggio è da scemi, come essere sempre ottimisti.

Sospirò. No, il decisionismo di cinque minuti prima non aveva significato niente: era tornato il pappamolle di sempre. Si avviò verso la mensa, e in effetti erano tutti là. Tutti tranne Samantha, ovviamente: se non si era staccata dal suo dannato hard disk per un omicidio, figurarsi se l'avrebbe mai fatto perché era andata via la luce.

La mensa era punteggiata delle luci dei cellulari; almeno tutti se lo erano portato dietro. Gabriele allungò una torcia a Mariela, che l'accese subito. I volti dei presenti, sotto quella luce fredda e fioca, sembravano ancora più pallidi e spettrali.

«Allora, spiego tutto per Pilar» attaccò Gabriele.

«Mi hanno già riferito ogni cosa Mariela e Pinetta» tagliò corto lei.

Pinetta aveva ripreso a mangiarsi ossessivamente l'unghia del pollice.

«O... ok, meglio così» disse Gabriele, preso leggermente in contropiede. «Quindi... niente, siamo al punto di partenza.»

«Ma è così importante sapere chi è stato?» domandò Matt. «Finora quest'ossessione ha portato a me un livido sullo stomaco e a voi una denuncia per sequestro di persona e lesioni personali.»

«Ci hai denunciato?» chiese Gabriele.

Matt alzò gli occhi al cielo. «Ovvio, col mio comunicatore interno... Certo che no! Ma è mia intenzione farlo non appena qui funzionerà qualcosa, *qualsiasi* cosa.»

«Senti» attaccò Gabriele, «capisco la tua posizione, ma chi ha ammazzato Hugo potrebbe rifarlo. Dovremmo almeno capire il perché, così da proteggerci...»

«Potrebbe essere stato un incidente, no?» disse Matt guardando Mariela.

La ragazza adesso aveva uno sguardo colpevole. «Le cose che vi ho detto prima... non erano false, ma credo siano molto improbabili. La scritta è un indizio... Certo, può essersi trattato di un incidente, ma resta il fatto che qualcuno ha cercato di portare via i dati a Samantha. Qui sta succedendo qualcosa, qualcosa che non capiamo...»

«Okay, procediamo con ordine.» Gabriele si voltò verso Pilar. «Cos'hai fatto tu, stasera?»

Lei parve presa in contropiede. «Mi stai accusando?» disse iniziando ad alterarsi.

Gabriele provò istantaneamente un moto di terrore: Pilar era una tipa brusca, facile all'ira, una donna la cui rabbia faceva davvero paura. Una volta aveva portato la figlia in visita, e quando quella aveva toccato qualcosa che non doveva, lei aveva iniziato a gridare come un'ossessa.

«Era solo per sapere» mormorò Gabriele.

«E tu e quella, invece?» disse l'altra, indicando Mariela. «Voi che avete fatto?»

«Siamo andati in giro a indagare» rispose calma Mariela.

«Sempre e solo voi due...»

«No. Ci ha visti Amélie, con cui abbiamo parlato, e poi anche Samantha, abbiamo perquisito insieme la stanza di Jorge, e quindi tutti voi.»

«Potreste comunque aver preso i dati di Samantha» insistette Pilar.

«Se è per questo potrebbe essere stata anche la stessa Samantha.»

Tutti si voltarono di scatto. Era la prima volta che Pinetta parlava da quando avevano interrogato Matt. Si era morsa l'unghia del pollice a sangue.

«Era con noi quando abbiamo perquisito la stanza di Jorge» osservò Gabriele.

«Già, ma poi? Dov'è andata?» chiese Mariela.

«Nella sua stanza, l'abbiamo vista.»

«Passando per il giardino» disse Pinetta. «La sua stanza si trova nella *guest house*, dall'altro lato del corridoio rispetto ai dormitori.»

Gabriele e Mariela si guardarono.

«In verità ci avevo già pensato» disse lui.

«Sarebbe da lei» rincarò la dose Matt. «Ha scoperto che Hugo aveva i suoi dati e l'ha ammazzato.»

Era esattamente quello che aveva pensato Gabriele poco prima, ma per qualche ragione anche quella soluzione non lo convinceva del tutto.

«Per quale ragione, però, Hugo avrebbe dovuto prendere i suoi dati?»

«Per darli a Matt» disse Pinetta.

«Ancora con la vendetta?» si girò di scatto Matt. «Ti ho già detto che non mi interessa! E comunque poi perché avrei dovuto ammazzarlo?»

Pinetta si massaggiò la fronte. «Sentite, sono sfinita, forse ho detto una gran stupidaggine; anzi, di sicuro. Io... pensavo di andare nella mia stanza», e guardò supplicante Mariela.

Quest'ultima si girò verso Pilar. «Ti dispiace accompagnarla? E magari stare con lei? Potreste dormire entrambe...»

«Potrebbero essere loro le colpevoli...» buttò lì Matt, che evidentemente si sentiva forte della sua posizione di innocente certificato.

Gabriele sospirò, esausto. «Fate come vi pare...»

«Va tutto bene; se posso andarmene anch'io in stanza preferisco, anche solo per non sentirmi chiamare "assassina"» disse Pilar.

«Almeno prendete un walkie-talkie», e Gabriele glielo allungò.

«E noi?» chiese Matt mentre le due donne se ne andavano.

Sì, pensò Gabriele, quell'uomo era decisamente passato dalla parte degli innocenti, e addirittura, adesso, si era arruolato di forza in quella degli investigatori. «Non lo so... Non abbiamo cavato un ragno dal buco, la situazione sta solo peggiorando...»

«Almeno non è morto nessun altro» fece Mariela cupa.

Gabriele prese a tormentarsi un labbro. Forse dovevano lasciar perdere tutta quella stupidaggine delle indagini. Forse dovevano solo e soltanto concentrarsi sui soccorsi, e impegnarsi per riuscire a contattarli. «Okay, c'è un ultimo tentativo disperato che possiamo fare» disse infine.

9

4.30 (UTC–XX)

«Potremmo provare a usare i cellulari» disse Gabriele.

Matt tirò fuori il proprio e glielo mise sotto il naso. «Non prendono, e lo sai.»

«Una volta Mathieu mi ha detto di essere riuscito a fare una chiamata dalla piattaforma dei telescopi» disse Gabriele. Mathieu era un dottorando belga che un paio di volte era stato lassù.

Matt sbuffò. «Ti prego... Mathieu era un cazzaro, e peraltro ha mollato il dottorato.»

«Davvero?» chiese Mariela.

Gabriele sentì una stilettata di gelosia. Mathieu era un *tombeur de femmes* riconosciuto, forte anche di un aspetto attraente che persino lui non poteva negare. Aveva sempre pensato che Mariela risentisse del suo fascino, e quella domanda riattizzò antichi sospetti.

«Mi sembra il minimo: non ha fatto un cazzo per tutto il primo anno, e anche qui, se ve lo ricordate, a parte navigare a sbafo, non ha fatto altro. Si dice che avesse anche portato una bottiglia di whisky con sé, e sapete quanto sia grave quassù.» In effetti, se per il vino c'era un minimo di tolleranza, i superalcolici erano del tutto fuori discussione.

«Vabbè, diciamo che l'astronomia non era proprio la sua strada» osservò Gabriele, «ma perché avrebbe dovuto mentire su questa cosa?»

«Perché magari voleva uscire a fare altro, per impressionare qualche ragazza... Ha raccontato cazzate a tutti, vi dico, secondo me poi alla fine non era neanche laureato» scherzò Matt.

«Non lo so...» intervenne Mariela. «Non è che lo conoscessi granché bene.» Gabriele tirò un lungo sospiro di sollievo interiore. «Ma ormai siamo disperati, no? Non è vero che Amélie e gli ingegneri sono a buon punto, non abbiamo idea di quando le linee telefoniche saranno ripristinate, né l'energia e tutto il resto. Di questo passo, chissà quanto rimarremo qui, con un morto e il sospetto che tra noi ci sia un assassino. Neppure l'arrivo del giorno sarà di grande aiuto... Magari Mathieu millantava, ma secondo me vale comunque la pena provare.»

Matt sbuffò. «Siete proprio alla frutta, eh?»

Gabriele provò un moto d'irritazione. «Tu puoi tranquillamente startene qui» disse secco. «Ci posso anche andare da solo.»

«Meglio di no» ribatté Mariela. «Se abbiamo

operatori diversi, conviene provare con tutti i nostri cellulari. Uno potrebbe prendere e gli altri no. E poi andare da soli è pericoloso», e gettò uno sguardo furtivo a Gabriele.

«Okay» disse lui cercando di non arrossire per la millesima volta. «Ma se Matt non vuole venire, basta che ci dia il suo cellulare.»

«Ma cos'è, sei ossessionato dalla mia privacy?» sbottò. «Prima il computer, poi il cellulare... Ancora non sei convinto della mia innocenza?»

«Ma fa' un po' come ti pare» tagliò corto Gabriele, e si avviò, seguito a ruota da Mariela.

«No, aspettate!» gridò Matt. «Vengo con voi!»

«E figurati...» commentò Gabriele.

«Non ti sta molto simpatico, eh?» osservò Mariela sottovoce.

«Non particolarmente, ma stasera lo trovo davvero insopportabile.» Ma non si trattava solo di quei suoi atteggiamenti. Gabriele si sentiva in colpa nei suoi confronti: aveva ragione quando diceva che lo avevano sequestrato, e per di più lui lo aveva anche picchiato. Era consapevole di aver sbagliato, e la cosa era ancora più grave perché dentro di lui aveva sempre saputo che era innocente. Certo, lo pensava così, in via astratta, senza avere una prova che fosse una, ma forse avrebbe dovuto dare ascolto a quella sua voce interiore che gli suggeriva di lasciarlo stare. Ogni volta che lo vedeva, si ricordava di essere stato avventato. E poi gli pareva abbastanza plausibile che potesse davvero denunciarlo. Forse non era il caso di provare a usare il cellulare: e se poi Matt avesse chiamato il suo avvocato?

Stai diventando paranoico, disse la voce saggia, che ormai sembrava aver preso il controllo della situazione.

Arrivarono sulla piattaforma. Mathieu non aveva mai detto il punto esatto in cui si era messo per fare la sua fantomatica chiamata, quindi avrebbero dovuto provare muovendosi qua e là. Ancora una volta, Gabriele si ritrovò a pensare che la scena, dall'esterno, doveva sembrare davvero comica: tre tizi brancolanti al buio, con i cellulari tesi davanti a sé manco fossero bacchette da rabdomante. Il fatto era che, a quanto ne sapevano, la rete lassù era assente, ma magari c'era davvero un punto in cui era possibile beccare qualche misterioso segnale proveniente da chissà dove, e se era così, doveva trattarsi di un luogo preciso, spostandosi dal quale anche solo di mezzo metro le cose non funzionavano più.

«Niente?» urlò.

Gli risposero in sequenza le voci di Mariela e Matt: «Niente!»

Si raggrupparono di nuovo.

«Te l'avevo detto che era un cazzaro» insistette Matt.

Gabriele aveva esaurito le idee. Se non c'era la possibilità di chiamare, dovevano di nuovo concentrarsi sul probabile assassino, e in quella ricerca brancolava nel buio più fitto. A parte loro tre, poteva essere stato chiunque, e la scritta che avevano rinvenuto sul pavimento, attualmente l'unica traccia di cui disponevano, d'improvviso perdeva qualsiasi senso. Là in mezzo, a parte Matt e Mariela, nessuno aveva un nome che iniziava per "M": cos'aveva voluto scrivere Hugo, prima di morire?

In preda alla disperazione, fece un tentativo estremo.

«Provo un'ultima cosa e ce ne andiamo», e mise per qualche secondo il cellulare in modalità aereo. Contò fino a dieci come gli avevano insegnato a un corso di primo soccorso, obbligatorio per chi andava a lavorare lassù. Gliel'avevano detto in merito alla rianimazione cardiopolmonare, ma da allora aveva usato quell'espediente ogni volta che doveva contare i secondi per una ragione qualsiasi. Così iniziò a dirsi a mente: milleuno, milledue, milletré... Arrivato a milledieci, riattivò la rete. Per diversi secondi non successe niente.

«È inutile, vi dico. Io di quello lì non mi fidavo neppure quando mi diceva "buongiorno"...» disse Matt, quando all'improvviso comparve una tacca. Una sola, quella del 4G, il che significava che disponevano anche della rete dati, e quel rettangolino nero sul display del cellulare spedì il cuore di Gabriele in gola.

«Funziona!» gridò Gabriele.

Mariela e Matt gli si fecero immediatamente sotto.

«Chiama la polizia, subito!» gridò Matt.

Figurarsi se Gabriele se lo sarebbe fatto ripetere. Digitò il 112.

«Ma che è?» chiese Matt, e Gabriele si rese conto di aver composto il numero italiano per le emergenze.

«Sì, sì, scusate, sono agitato...» Mosse le dita, ma si accorse di avere letteralmente la testa svuotata: che numero doveva comporre, in quel paese, per chiamare la polizia?

«Sta' calmo» disse Mariela toccandogli un braccio, e glielo dettò.

Non appena udì le cifre, Gabriele se lo ricordò all'istante. «Scusate, io...»

«Non ti preoccupare, siamo tutti molto tesi» insistette Mariela. «E tu fin qui sei stato anche troppo bravo» gli sorrise, e lui rispose di rimando. «Per fortuna sta per finire tutto.»

Gabriele compose il numero, e attese. Non sentì assolutamente niente. Allontanò il cellulare dall'orecchio.

La tacca era scomparsa.

«Dannazione...»

Ripeté l'operazione: staccò la rete, contò fino a dieci, la riattivò.

La tacca riapparve.

«Okay» disse deciso. Compose nuovamente il numero, quindi mise il vivavoce, cercando di tenere il telefono immobile. Ancora un silenzio lunghissimo, durante il quale Gabriele sentì solo il proprio cuore battere disperato contro le costole, così forte che si chiese se potessero sentirlo anche gli altri. Infine, una voce gracchiante rispose. Fu Mariela a prendere il controllo della situazione, essendo quella più portata per le lingue. Si avvicinò al microfono, e Gabriele sentì il suo fiato sulla mano mentre scandiva le parole.

«Siamo gli astronomi di», e disse il nome dell'osservatorio. «C'è stato un furto, e c'è un morto!»

La voce rispose qualcosa di incomprensibile.

«Siamo in pericolo!» disse Mariela scandendo le parole. «Una persona è morta, ci hanno sabotato, siamo senza corrente!»

Ancora una risposta incomprensibile.

«Aiuto! Sabotaggio! Morto!», e ripeté ancora una volta il nome dell'osservatorio.

Dopo una serie di farfugliamenti incomprensibili, a Gabriele parve di cogliere un «Okay!». Seguirono altre parole difficili da capire, ma una gli parve un «presto» detto nella lingua del paese in cui si trovavano.

«Grazie! Grazie infinite!» disse Mariela, e ancora una volta ripeté il nome dell'osservatorio.

Dall'altro capo chiusero la comunicazione. Gabriele e Mariela si guardarono per un secondo, e poi si abbracciarono di slancio, senza pensarci. Gabriele sentì le braccia di Mariela intorno alla sua vita, il loro calore, la forza con la quale lo stringevano. Lui, da parte sua, le cingeva le spalle, la testa piegata su quella di lei, che a stento gli arrivava al collo, con i capelli che gli solleticavano le guance. Fu un momento di perfezione assoluta, di placida calma nel caos di quella notte tremenda, e Gabriele sentì di non pensare a niente, solo al corpo di Mariela premuto su di sé, alla sua voce rotta che diceva: «È finita... è finita...», e pregò invece che quell'istante non finisse mai, che potessero restare così fino a quando la polizia non fosse arrivata. Era come se intorno a loro non ci fosse più niente, come se tutto quello che era accaduto non fosse mai esistito. Poi però l'incanto si ruppe, perché Matt li abbracciò entrambi da dietro, costringendoli a saltellare insieme a lui.

«Era vero, era vero!» si mise a urlare. «Grazie, Mathieu!»

Gabriele fu il primo a cercare di divincolarsi da quella situazione che di colpo gli sembrava imbarazzante, e gli altri lo seguirono a ruota. Rimasero lì immobili, a guardare il cellulare che contro ogni aspettativa li aveva salvati.

«Che dite, ce la faranno in un'ora?» chiese Matt.

Era una stima ben più che ottimistica; a meno che non si fossero mossi con l'elicottero – e francamente a Gabriele pareva abbastanza improbabile che la polizia facesse una cosa del genere per un caso di cui l'operatrice non doveva aver capito granché –, ci volevano un paio d'ore. Non ce l'avrebbero fatta prima delle sette, probabilmente. Ciò nonostante, disse: «Speriamo.» Erano passati solo pochi minuti, e l'attesa aveva già iniziato a snervarlo. Meglio dare un po' di speranza a tutti.

«Be', direi che adesso possiamo rientrare, no? Qua fuori fa freddo, non ha senso restare» disse Mariela.

Gabriele rimase immobile, mentre Matt già faceva strada verso gli edifici dell'osservatorio, con Mariela che procedeva dietro di lui. Quando vide che Gabriele non la seguiva, però, la donna si girò e tornò verso di lui.

«Be'?» chiese Matt.

«Un attimo» disse Mariela, avvicinandosi a Gabriele. «Tutto okay?» gli chiese.

Lui era immobile, con in mano il cellulare, nella stessa identica posizione in cui l'aveva tenuto quando avevano chiamato la polizia.

«Gabriele...»

Il ragazzo sussultò, guardò Mariela. Adesso

anche Matt si era avvicinato. «È che...» disse, insicuro. Sapeva che con ogni probabilità l'idea che gli girava per la testa era una stupidaggine, e sapeva anche che la cosa più sicura da fare era rientrare, ma... «Abbiamo del tempo» disse infine, «e io... io devo capire.»

Vide Matt alzare gli occhi al cielo.

«In che senso?» gli chiese piano Mariela, e a Gabriele sembrò che il suo tono fosse quello che si usa per assecondare i matti.

Un po' matto lo sei, avanti, disse la voce saggia.

«Prima pensavo... Fare ricerca è un po' come fare l'investigatore, no? Ci sono degli indizi, e devi scoprire la verità. Che poi non è esattamente la verità, ma la legge che sta sotto i dati, e...»

«Gabriele» lo fermò Mariela posandogli una mano sul braccio.

Gabriele prese un grosso respiro. «Be', io ho bisogno di sapere la verità su questa storia, devo capire cos'è successo, okay? Non perché voglia mandare in galera qualcuno, quello spetta alla polizia, ma perché *devo*. È come quando faccio le tre di notte a casa perché in un grafico non mi torna qualcosa... È lo stesso bisogno, capisci, Matt?», e lo guardò in cerca di comprensione. Matt, però, aveva un'espressione di vuoto totale sul volto: no, non capiva.

«Io ti capisco» disse invece Mariela. «Anche un medico è un po' un investigatore, in fondo» aggiunse. «Ma cosa vorresti fare? Interrogare qualcun altro? Possiamo solo aspettare...»

«Possiamo sfruttare questa tacca di rete» disse Gabriele. «Possiamo fare qualche ricerca online.»

«E su cosa, di grazia? "Come scoprire un assassino in un osservatorio isolato"?» disse Matt, sarcastico.

«Sull'oggetto che Samantha voleva studiare coi suoi dati» rispose Gabriele. «Tutto è cominciato con quel dannato hard disk, e forse la ragione di quel che è successo stanotte sta là dentro. Tu hai idea di cosa si tratti?»

Matt fece mente locale. «Non è che Samantha sia esattamente prodiga di commenti sui suoi lavori... È una veramente paranoica, pensa che tutti siano come lei, che ruba le ricerche alla gente.»

«Va bene, ma tu in genere sei uno... informato, no?» Gabriele stava per dire *gran pettegolo*, ma per fortuna si era fermato in tempo. «Non hai colto tipo qualche *rumor*?...»

Matt dovette intuire il sottotesto, perché lo guardò storto, ma rispose lo stesso: «Si vocifera che stia facendo un nuovo studio sulla Nebulosa Aquila coi dati del JWST.»

Il JWST era il James Webb Space Telescope, il nuovo telescopio spaziale lanciato da poco più di un anno. Gabriele pensò che Samantha era sempre sul pezzo. «Okay, mi pare sia... M16, giusto?» disse.

«Che vuol dire?» chiese Mariela.

«Gli oggetti astronomici in genere sono indicati da sigle, a seconda del catalogo nel quale si trovano elencati. I cataloghi principali sono due: il *New General Catalogue*, in cui galassie, nebulose *et similia* vengono indicati con la dicitura "NGC" seguita da un numero, e il *Messier*, in cui si usa una "M", abbinata anche in questo caso a un numero. Alcuni oggetti particolarmente famosi hanno anche un nome proprio; la Nebulosa Aquila l'avrai vista, è quella dei Pilastri della Creazione...»

«Ah, sì!»

«Ecco. Io però voglio andare a vedere se recentemente qualcuno, qui, nel database dell'osservatorio, ha chiesto di osservare quello specifico oggetto, e quindi lo cerco col codice, che è, diciamo, il nome ufficiale.»

Mariela annuì mentre Gabriele andava sul sito dell'osservatorio. La ragazza riconobbe l'indirizzo: «Ma il sito non è giù come tutto il resto?»

Gabriele scosse la testa. «C'è un *mirror* agli *headquarters*, funzionerà.» Si riferiva agli uffici nei quali lavorava quando non era di turno ai telescopi. «Magari sono fortunato e scopro che qualcuno di recente ha chiesto del tempo osservativo per M16 ai nostri telescopi. Io posso vedere le proposte perché faccio parte del gruppo che poi si occupa di fare le osservazioni...» spiegò

Gabriele mentre aspettava che il sito si aprisse. Ci mise una vita, ma alla fine comparve sullo schermo. «Funziona!» si rallegrò. L'operazione, però, fu incredibilmente laboriosa: dovette aprire svariate pagine, prima di arrivare al login e a quella in cui erano elencate tutte le proposte, e ogni link ci metteva un secolo a caricarsi.

«Guarda, io sto iniziando a gelare...» si lamentò Matt, proprio quando finalmente si aprì la finestra di ricerca. Gabriele iniziò a digitare il nome, e si bloccò di colpo. Mariela lo guardò.

«Tutto bene?»

«Cazzo...» mormorò Gabriele a mezza voce. Chiuse il sito e scrollò il cellulare fino all'app delle foto.

«Hai finalmente capito che è solo una gran perdita di tempo?» disse Matt acido.

Gabriele lo ignorò e aprì la foto della macchia di sangue per mostrarla agli altri due. «Cosa ci vedete?» chiese.

«Quello che ci vedevamo prima... L'abbiamo visto tutti, non è cambiato, è un nome che inizia con la "M"» disse Matt.

Mariela, invece, aguzzò la vista. «Pensi che sia... il nome di un oggetto astronomico?»

Mi capisce sempre al volo... Capisce tutto al volo, pensò Gabriele, traboccando di ammirazione e amore per lei. Annuì.

«Potrebbe essere un oggetto che Hugo stava

studiando, oppure un riferimento a quello che sta studiando Samantha, o...» Si bloccò di nuovo, strinse anche lui gli occhi come faceva Mariela.

Stavolta anche Matt parve interessarsi alla cosa. «Be'... in effetti» ammise un po' controvoglia, «quelli potrebbero anche essere dei numeri.»

Gabriele abbassò il cellulare, il cuore che, dopo aver perso un colpo, batteva impazzito nel petto, mentre un sudore freddo gli imperlava la fronte. «Porca puttana... porca puttana!» Non era da lui essere così volgare, e Mariela lo guardò spaventata.

«Gabriele... mi stai facendo paura...»

«Non abbiamo capito niente, non abbiamo capito niente fin dal principio...»

Sollevò nuovamente il cellulare e, senza dire una parola, selezionò la funzione MODIFICA, quindi optò per la penna. Col dito iniziò a scrivere sull'immagine.

«M... 4... 7... 7» compitò piano Mariela. «E allora?»

Gabriele notò che Matt era impallidito: evidentemente anche lui aveva capito.

«Senti, non può essere, dai...» disse Matt.

«Anche perché adesso...», e le parole gli vennero meno.

«Potrebbe essere in stanza con Samantha!» realizzò Gabriele, e si mise a correre.

10

5.30 (UTC-XX)

«Fate capire anche me, per favore?» chiese Mariela mentre correva insieme a loro. Non erano molto distanti dal dormitorio.

«M477» disse Gabriele con l'affanno, «te l'ho detto prima, no?»

Mariela lo afferrò per un braccio, costringendolo prima a rallentare, poi a fermarsi. «Spiegati meglio. Altrimenti non vado da nessuna parte, visto che fra l'altro non so neppure dove stiamo andando.»

Gabriele continuava a guardare verso gli edifici, ma poi si decise a spostare lo sguardo su di lei.

«Pinetta è conosciuta come Miss M477, per quel lavoro di laurea di cui ti avevo parlato prima, quello così buono da essere pubblicato.»

Mariela aveva la faccia di chi continuava a non capire. «Ma perché Hugo, prima di morire, avrebbe dovuto scrivere il nome dell'oggetto di cui parla la tesi di Pinetta?»

«Perché probabilmente non si ricordava il

nome di Pinetta: è la prima volta che viene qua, ma come Miss M477 è abbastanza conosciuta... Forse lui se ne è ricordato, e ci ha lasciato questo indizio...»

«Ma tu», e Mariela lo guardò tra l'incerto e il preoccupato, «davvero pensi che sia stata Pinetta?»

Gabriele non poteva saperlo con certezza. Pinetta era la persona più innocua che conoscesse, non riusciva a immaginarsela mentre ammazzava qualcuno o faceva anche solo del male a chicchessia, e per di più si era mostrata terrorizzata per l'intera notte... O aveva finto tutto il tempo?

«Gabriele! Mariela!» urlò qualcuno a squarciagola.

Era Matt, senza ombra di dubbio. Gabriele scattò immediatamente, ma nonostante l'altezza e le gambe decisamente più lunghe di quelle di Mariela lei lo superò, varcando la soglia del dormitorio prima di lui.

«Presto, presto!» Matt era fuori di sé, e Gabriele sentì il sudore scorrergli lungo la schiena, facendosi via via sempre più gelido. Il sollievo che aveva provato quando i servizi di emergenza gli avevano risposto era ormai evaporato. Ci avrebbero messo almeno ancora un'ora e mezza per arrivare, e in quel lasso di tempo poteva accadere di tutto. E qualcosa, stando al viso cereo di Matt, era già successo.

Gabriele scese giù per le scale, attraversò il giardino dove avevano trovato Hugo, fino a raggiungere il corridoio su cui affacciavano gli alloggi degli ospiti. Di Mariela e Matt vedeva le schiene, e, più oltre, quelle che erano senza dubbio un paio di gambe distese sulla moquette grigia con le righe di codice. Imprecò mentre raggiungeva i due, chini sulla silhouette di una persona. Non era Samantha, come si sarebbe aspettato: era Pilar.

Mariela si stava già occupando di lei con fare professionale; le stava sentendo il polso, per poi passare a sollevarle una palpebra, e, infine, a darle degli schiaffetti sul volto. «Pilar... Pilar...»

«Come sta?» chiese Matt.

Gabriele attese la risposta col cuore in gola.

«Forse ha una commozione cerebrale.»

Era grave? Non più di tanto? Gabriele non ne aveva la più pallida idea. Poi però Pilar aprì gli occhi.

«Pilar, tutto bene?» le chiese Gabriele abbassandosi verso di lei.

«Lasciatele spazio, deve respirare» lo spinse via con delicatezza Mariela.

Anche Matt obbedì, ma rimasero entrambi chini, col cuore in gola.

Pilar sembrava confusa, e si toccava insistentemente la nuca con una mano. Quando la spostò davanti agli occhi, era macchiata di sangue.

Matt si portò le mani alla bocca, mentre Mariela usava la torcia del cellulare per fare un check alle pupille della donna.

«Va tutto bene, Pilar, hai solo preso una botta in testa; non troppo forte, a giudicare dal quantitativo di sangue. Come ti senti?»

L'altra la guardò confusa per un istante, poi, pian piano, la consapevolezza tornò nei suoi occhi. Sembrò ricordare qualcosa. «*Esa maldita puta...*» mormorò.

«Pinetta?» le chiese senza mezzi termini Gabriele.

Pilar si voltò verso di lui, stupita. «E tu come fai a saperlo?»

«Ne parliamo dopo: dov'è andata?»

Pilar si sforzò di ricordare.

«Non ti affaticare...» le disse Mariela mettendole una mano sulle spalle. «Hai comunque subito un trauma cranico.»

«Non lo so» rispose infine la donna. «Ricordo solo che mi ha dato una botta in testa.»

Gabriele si alzò e scattò verso la stanza di Samantha, mentre sentiva Mariela dire a Matt di restare con Pilar.

Era il posto più ovvio, e d'improvviso tutta la soluzione di quel dannato mistero gli apparve lampante, qualcosa che era stato sotto i suoi occhi fin da subito: quella di Pinetta non era paura dettata dalla situazione, ma lo shock di chi ha appena visto morire qualcuno. Ed era stata lei la prima a proporre che la scritta indicasse Matt. Cavoli, si disse Gabriele, alla fine aveva anche incolpato Samantha! Cos'avrebbe dovuto fare di più, perché si accorgesse che era lei la colpevole?

Scosse la testa, mentre sentiva Mariela affiancarlo nella corsa. Non era stato l'unico a farsi prendere per il naso, nessuno di loro aveva pensato a Pinetta. Giunsero davanti alla porta della stanza di Samantha. Si fermarono, e Mariela guardò Gabriele.

«Là dentro può esserci di tutto, ma, qualsiasi cosa sia, sono la più titolata a farci i conti, giusto? Il medico qui sono io.»

«Sto bene, io...» provò Gabriele.

«Non sto dicendo questo. Ma io ho più dimestichezza con i morti e i feriti, okay? So come comportarmi, e per questo è meglio che entri per prima.»

Gabriele sospirò, e alla fine annuì. Aveva ragione lei, come al solito.

Mariela tirò fuori il passe-partout e lo infilò nella serratura, facendola scattare.

La stanza, stavolta, era leggermente diversa rispetto a quelle in cui erano stati fino a quel momento: l'aspetto generale era lo stesso degli alloggi dei dipendenti, con le grucce a vista, il legno e tutto il resto. Ma era più piccola, senza salottino, e ricordava più una stanza d'hotel. Inoltre, sui muri non c'era alcun tipo di decorazione.

Gabriele, però, non ebbe il tempo di soffermarsi sul mobilio; seduta alla scrivania, c'era Samantha. Il suo corpo era chino sul tavolo, le braccia penzoloni; era pallida e, soprattutto, dalla schiena le spuntava una lama. «Cazzo cazzo cazzo...» iniziò a mormorare, mentre Mariela si precipitava verso il corpo.

Gabriele rimase per qualche istante al suo posto, bloccato da un terrore ancora più profondo di quello che aveva provato quando avevano trovato Hugo; in quel caso, c'era ancora il dubbio che potesse trattarsi di un incidente, ma stavolta era fin troppo chiaro. Inoltre, con Hugo in qualche modo era sembrata a tutti una fatalità: cos'avrebbero potuto fare per salvarlo? Era in giro da solo, e nessuno sospettava che tra loro potesse nascondersi un omicida. Adesso, invece, Gabriele aveva avuto a disposizione tutti gli strumenti per capire quello che era successo, e dunque per salvare Samantha, ma non c'era riuscito, e così il risultato era che ora anche lei era morta.

«È viva» disse Mariela, e Gabriele sentì un'ondata di sollievo così forte che le gambe gli cedettero. Scivolò a terra, e Mariela fece per andare verso di lui.

«Tutto okay» la fermò lui con una mano. «È solo la tensione.» Si portò una mano al petto, prese un paio di respiri profondi. Sentì Mariela avvicinarsi e mettergli una mano su una spalla, per poi chinarsi davanti a lui.

«Non è colpa tua» gli disse piano, e Gabriele si stupì di quanto quella donna lo capisse al volo. Alzò gli occhi su di lei e per un istante rimasero così, guardandosi, al centro di quell'uragano di caos che li aveva investiti.

Era un altro di quei momenti di pace irreale nei quali si era già imbattuto in quella notte assurda. Gabriele pensò a quanto Mariela fosse in grado di calmarlo, all'inestimabile compagna che aveva dimostrato di essere in quella tremenda avventura. Ma non era ancora finita.

«Pinetta l'ha colpita con un fermacarte» disse Mariela, e Gabriele trovò risposta alla domanda che gli era aleggiata in testa, incongrua, non appena aveva messo piede nella stanza e aveva visto il corpo: quella ragazza dove diavolo aveva recuperato una lama, là dentro? «Non è un'arma granché efficace, e poi non sembra avere inferto il colpo con tutta questa forza. È una ferita superficiale, Samantha non è neppure in pericolo di vita, e forse è svenuta per la paura, o lo shock... In ogni caso adesso devo assisterla, okay?»

Gabriele colse immediatamente le implicazioni di quella frase: da lì in poi sarebbe stato solo, solo con un'assassina. Si tirò su. «Okay, nessun problema.»

«Non devi cercarla» disse Mariela. «Abbiamo fatto tutto quel che potevamo; anch'io non avevo capito nulla, e sai cosa? Non eravamo neppure tenuti a farlo. Tutto quel che è accaduto stanotte è stato una mera fatalità, e la cosa migliore da fare, ora, è aspettare.»

«Lo sai che non è così. Abbiamo già aspettato, e guarda che è successo», e indicò il corpo di Samantha. Mariela distolse lo sguardo, si morse un labbro. «Devo andare» insistette Gabriele.

Lei gli si avvicinò senza lasciargli il tempo di reagire, e forse neppure di capire; il bacio che gli depositò sulle labbra fu fugace, ma non per questo meno dolce. Gabriele rimase impietrito, mentre lei si staccava da lui. Non riusciva a crederci, una parte di lui pensava che fosse un'allucinazione dovuta allo shock: ma davvero Mariela, *una come Mariela*, gli aveva dato un bacio?

«Ti prego, fa' attenzione. Non voglio che ti succeda qualcosa» gli disse stringendogli una mano.

Gabriele pensò che forse quella sotto shock era lei, altrimenti quel gesto non si spiegava; la voce saggia, però, intervenne prontamente: idiota, goditi il momento e basta. Strinse a sua volta la mano di lei: «Non ti preoccupare, so quel che faccio.» Sì, certo, come no... Bella frase idiota da film, disse l'altra voce, quella che lo criticava sempre, e lui arrossì. Comunque, non era il momento di perdersi in folli monologhi interiori: alzò gli occhi, e vide che la porta-finestra della stanza era aperta; fuori, la desolazione del deserto. Era ancora notte fonda: quanto diavolo mancava all'alba?

La infilò sicuro, e corse fuori. Si fermò dopo una ventina di metri: ma che stava facendo? voleva mettersi a inseguire Pinetta per il deserto? e poi che ne sapeva che fosse andata proprio da quella parte? ma che ne sapeva di dove fosse andata Pinetta, a dirla tutta...

Prese di nuovo un respiro, andò in cerca di tracce. Figurarsi: terra battuta e sassi, non esattamente il terreno migliore dove rintracciare un'impronta. Sentì la disperazione farsi largo dentro di lui: dov'era Pinetta? ad ammazzare qualcun altro? o ad ammazzare se stessa correndo alla cieca per il deserto?

Si portò una mano alla fronte, di nuovo velata di sudore nonostante quella fosse una delle ore più fredde della notte. Fu in quel momento che alzò gli occhi al cielo.

Era uscito un sacco di volte, nelle ultime ore; aveva girato qua e là per tutto l'osservatorio, e neppure una volta aveva alzato gli occhi al cielo. C'era stato un lungo periodo in cui era quella la prima cosa che faceva, di sera: quando calava la notte lassù e iniziava l'osservazione, ma anche prima, quando andava in un posto nuovo, e persino a casa, e poi uscendo dall'università, o rientrando da una cena fuori. Guardava il cielo e si sentiva a casa; a volte il cielo era scialbo, giallastro, macchiato dalle luci della città, e a malapena riusciva a distinguere il Grande Carro e un paio di pianeti. Altre volte invece era incredibilmente buio, tempestato di stelle. Come quella notte.

Il cielo era di un nero profondissimo, che si rese conto di associare solo a quel posto. Realizzò che all'alba mancavano un paio d'ore, e ancora l'aurora non macchiava l'ordito perfetto di quell'oscurità parlante. Sì, parlante, perché era intessuta di una miriade di stelle. Da bambino non era mai stato un astrofilo; a casa, quando guardava il cielo, identificava in tutto un paio di costellazioni, quelle che conoscono tutti, e qualche pianeta: Saturno, Giove, Marte, Venere, quando riusciva a beccarlo, poco dopo il tramonto e poco prima dell'alba. Ma fosse anche stato un astrofilo provetto, con tutte le mappe stellari fissate in testa come reticoli di città note, non sarebbe mai stato in grado di orientarsi in quel cielo: perché le stelle, banalmente, erano troppe. Si affollavano ovunque, fino all'orizzonte, dove s'intravedeva un alone più chiaro: la luce zodiacale, il riflesso della luminosità solare sulla polvere presente nella Via Lattea.

E poi, più sopra, eccola lì, immensa, luminosissima, un sentiero tracciato nel cielo: la Via Lattea. Se ne distinguevano la struttura, le zone scure delle nubi di gas e polvere, e quelle più luminose.

Gabriele abbassò lo sguardo dove sapeva, ed eccole là: la Piccola e la Grande Nube di Magellano, due nuvolette che in realtà erano galassie lontane. E, poco più sopra, una stellina con un alone intorno: 47 Tucanae, l'ammasso globulare di stelle sul quale aveva fatto la tesi di laurea.

Rimase immobile, perso in quell'immensità: da quant'era che non la contemplava? quando aveva perso quell'abitudine? quando lo stupore, la meraviglia e il piacere di guardare semplicemente il cielo stellato se n'erano andati?

E poi pensò un'altra cosa: che sotto quel cielo, lui non era niente. Là fuori c'erano galassie lontanissime, stelle che vedeva ma forse già non esistevano più, considerando le centinaia, migliaia di anni che la loro luce impiegava per arrivare fino alla sua retina. E tutto quello che era successo quella sera d'improvviso impallidiva: che peso avevano, in fondo, le loro vicende terrene, nell'equilibrio dell'universo? A quel tutto meraviglioso e al tempo stesso incurante, cosa poteva interessare della morte di Hugo, del furto dei dati di Samantha e della fuga di Pinetta?

Avrebbe dovuto sentirsi annientato da quella considerazione, e invece lo consolò. In fin dei conti, là fuori c'era qualcosa di più grande di tutte le loro vite, qualcosa che sarebbe rimasto quando ciascuno di loro non fosse più stato altro che cenere. Tutto ciò che era accaduto quella notte d'improvviso si ridimensionava, e Gabriele, semplicemente, non ebbe più paura. Era solo un episodio – tremendo – delle loro vite, ma nient'altro che quello, e sarebbe passato, come passa tutto. D'un tratto capì di potercela fare: sarebbe arrivato al fondo di quella storia, e avrebbe fermato Pinetta e salvato la sua prossima eventuale vittima, o comunque avrebbe evitato che accadesse qualcos'altro di brutto. Ce la poteva fare, perché quella vista incredibile gli aveva tolto dalle spalle il peso terribile della responsabilità: se quanto era accaduto non era poi così importante, se tutto sembrava d'improvviso futile sotto quel cielo, ce la poteva fare.

Si guardò intorno, provando a riflettere. Cercare alla cieca non aveva alcun senso. O provava a ragionare come Pinetta, oppure doveva trovare un altro modo per rintracciarla. Lui, al posto suo, sarebbe scappato nel deserto: Pinetta doveva essere abbastanza disperata, doveva immaginare che l'avrebbero scoperta, e le persone disperate fanno cose assurde. Adesso però lui era lucido, e sapeva che, nel caso in cui la ragazza avesse deciso di fuggire nel deserto, seguirla sarebbe stato pericoloso e irrazionale. No, doveva cercarla senza rischiare la vita.

Si guardò intorno, e non ci volle molto perché gli venisse un'idea.

Corse verso la piattaforma dei telescopi, e si

stupì di quanto calmo fosse il suo cuore. Batteva per l'affanno della corsa – forse avrebbe dovuto iniziare a fare palestra, soprattutto dopo il bacio di Mariela... –, ma nulla di più: si sentiva sicuro, con la situazione sotto controllo.

Salì sulla piattaforma e andò verso il punto in cui si affacciava sul deserto. Lì c'era un binocolo; assomigliava a quelli che si trovano a volte nelle città per godersi il panorama, ma era decisamente qualcosa di più amatoriale: un'asta terminante in una forcella alla quale era fissato un normalissimo binocolo. L'aveva montato uno degli astronomi di supporto; lo usava per contemplare il mare, che da lì non era lontanissimo, ma spesso lo usavano anche i visitatori: di giorno, durante le visite guidate, per godersi quel panorama di desolazione assoluta, e di notte, per guardare un po' il cielo. Per un neofita, infatti, era più facile usare un binocolo, piuttosto che un telescopio: inquadrava porzioni di spazio più grandi, e quindi trovare qualcosa di specifico era più semplice, ma al tempo stesso permetteva di vedere anche oggetti più distanti, come le nebulose e le galassie.

Comunque, quella sera Gabriele non lo avrebbe usato né per il panorama né per le stelle, che già l'avevano aiutato abbastanza. Lo puntò sul deserto, spazzandolo lentamente. Non era trascorso tanto tempo, Pinetta non poteva essere andata troppo lontano. Lo fece due volte, aguzzando la vista più che poteva, ma niente da fare, dal deserto non arrivava alcun segno di vita. O Pinetta era Usain Bolt ed era già sparita all'orizzonte – un'evenienza davvero improbabile, dovette ammettere Gabriele –, oppure era ancora là, da qualche parte. Fu a quel punto che ebbe un'illuminazione: si ricordò di una cosa che aveva detto Hugo all'inizio di quella serata, e per un attimo gli parve che tutto si stesse allineando.

Sciocchezze. Non mi perdere di nuovo la lucidità, Gabriele, non c'è voluto poco per fartela tornare, disse la voce saggia, e lui seguì il suo consiglio.

Non sapeva se il binocolo sarebbe stato in grado di aiutarlo, ma valeva la pena di fare un ultimo tentativo, anche perché la cosa che voleva guardare si trovava incredibilmente in una posizione favorevole per l'osservazione.

Dai, non può essere una coincidenza, disse alla voce saggia.

Mi stai diventando credente?, ribatté quella.

Gabriele ridacchiò tra sé. Poi puntò il binocolo.

«*Bingo*» mormorò, e si staccò da lì più veloce che poté.

11

6.30 (UTC-XX)

Gabriele corse a perdifiato verso il telescopio numero 3, quello che era rimasto parzialmente aperto e inclinato. Senza l'informazione che gli aveva dato Hugo non avrebbe mai pensato di guardare lì per cercare Pinetta.

È un po' come se mi stesse guidando, disse una voce.

Non essere irrazionale. È tutto frutto del caso, sei tu che vuoi vederci per forza un pattern, per inciso dopo non essere riuscito a vedere l'unico che importasse davvero, replicò la voce saggia – e in questo specifico caso anche un po' saccente, si ritrovò a pensare Gabriele. Ma non c'era tempo per inutili monologhi interiori: c'era di nuovo qualcuno da salvare – da se stesso, in questo caso –, e stavolta non avrebbe fallito, a nessun costo.

Entrò nell'enorme edificio, la grande cupola che si stagliava lucida sotto il cielo limpido e ancora scuro. Visto dall'interno, il telescopio sembrava un gigante addormentato: l'enorme struttura metallica era immobile nel buio quasi assoluto, rischiarato solo da una Via Lattea luminosissima che si intravedeva attraverso la larga fenditura della cupola aperta. Lo specchio primario, quello più grande, dieci metri di diametro, era appena visibile; sopra, il ragno, la struttura che sorreggeva il secondo specchio. Cavi e strumentazione varia circondavano il telescopio, silenti. Gabriele pensò ai rivelatori spenti, al sistema di raffreddamento che non funzionava da ore, e gli venne naturale preoccuparsi per i danni che tutto quel casino stava procurando a quel prodigio della tecnica, intorno al quale, da un anno, ruotava la sua vita.

«Fermo dove sei!» urlò una voce venata di panico.

Gabriele alzò gli occhi dove sapeva, verso il punto in cui aveva intravisto la figurina poco prima, quando aveva scandagliato lo spazio attorno a sé col binocolo. Pinetta si trovava su una delle passerelle metalliche di servizio, quelle che servivano per la manutenzione e il controllo degli strumenti. Gli fece uno strano effetto vederla senza il caschetto giallo antinfortunistico che era obbligatorio indossare là dentro. Ma del resto non lo indossava neppure lui.

Pinetta si sporgeva pericolosamente dalla balaustra: «Se non trovate un modo per farmi uscire da qua mi butto sul primario, tanto quella è l'unica cosa che capite!»

Gabriele fece due conti, e si rese conto che non era una minaccia vana: se Pinetta avesse saltato, avrebbe fatto un bel po' di danni, magari non direttamente allo specchio, ma avrebbe comunque reso inservibile il telescopio.

«Vi interessa solo di questi fottuti strumenti, non è vero?» strillò. Non sembrava neppure la sua voce; Gabriele non l'aveva mai sentita gridare – tanto meno imprecare –, non solo quella sera, ma neppure durante le altre occasioni in cui l'aveva incrociata in passato. Le era successo qualcosa, qualcosa che l'aveva trasformata da ragazza timida e remissiva in una creatura braccata e in preda al panico. E Gabriele iniziava a capire cos'era stato a causare quel cambiamento.

«Senti, se rimaniamo fermi così possiamo sentirci solo strillando» disse Gabriele cercando di apparire calmo. «Non so a te, ma a me fra un po' va via la voce. Devo salire, se vuoi che parliamo per bene.»

Pinetta valutò la proposta per qualche istante. «E perché dovrei fidarmi?» disse infine. «Tu sei qua solo per catturarmi e salvare questo maledetto posto e questo orrendo telescopio!» urlò indicandolo. «Ho visto quello che avete fatto a Matt, e non vi permetterò di farlo anche a me!»

Gabriele cercò di non farsi travolgere dal terrore della ragazza. «Resta il fatto che se vogliamo ragionare sulla tua fuga, non possiamo farlo rimanendo così: dobbiamo discutere per bene, e io devo salire su.»

Pinetta non si schiodò dalla balaustra, ma sembrò riflettere ancora. «Se mi freghi, mi butto» disse infine.

«Non ti preoccupare» rispose Gabriele. «Sono qui per trovare una soluzione insieme a te.»

Pinetta non parve affatto convinta, e Gabriele non poteva darle torto; per quanto fosse nel panico, era abbastanza ovvio che lui avrebbe cercato di persuaderla a consegnarsi. In ogni caso, Pinetta lasciò che salisse lentamente le scalette metalliche. Il rumore dei suoi passi riempì lo spazio, rimbalzando sulla cupola e producendo una cupa eco. Gabriele si fermò quando fu a qualche metro da lei, a una distanza tale da lasciarle la certezza di non poter essere toccata: non aveva senso cercare di saltarle addosso, al minimo errore sarebbe caduta di sotto, nella peggiore delle ipotesi trascinandosi dietro pure lui. No, doveva convincerla a scendere, e l'unica era riuscire a farla parlare.

Ora che erano più vicini, Gabriele si accorse che non solo la sua voce era cambiata, ma anche il suo volto sembrava appartenere a un'altra persona. C'era qualcosa, nella sua espressione impaurita, che l'aveva deformato: era il pallore, e poi le sopracciglia aggrottate, le labbra ridotte a una linea sottile, la tensione estrema dei suoi lineamenti. Non sarebbe stato facile farla ragionare, ma Gabriele ci avrebbe provato con tutte le sue forze.

«Allora» disse prendendo un bel respiro, «io lo so che non è colpa tua.»

«Cazzate» insorse Pinetta, rimanendo sempre pericolosamente in bilico. «Per tutta la sera non hai fatto altro che cercare un colpevole, era l'unica cosa che ti interessava. Lo sai benissimo che *è* colpa mia.»

«Va bene» ammise lui, «da un certo punto di vista si può dire che lo sia, ma quello che intendevo è che tu non volevi che finisse così. O mi sbaglio? Non volevi che Hugo morisse, e magari non volevi neppure che succedesse tutto questo casino, fin dal principio.»

Pinetta parve colpita, ma non si mosse dalla posizione in cui si trovava. «E tu come lo sai?» chiese sospettosa.

«Be', non hai causato tu il black-out, no? È stato Jorge. Quindi il furto dei dati di Samantha non poteva essere una cosa premeditata. È stato un impulso improvviso.»

Pinetta distolse lo sguardo e lo puntò verso il basso. «È che... tu non hai idea di come sia, di quanto io sia stanca... E Mariela mi ha detto quella cosa, che non dovevo farmi trattare in quel modo... Non so cosa mi sia passato per la testa, è stata una cosa stupida, davvero senza senso, ma non ne potevo più.» Alzò gli occhi su di lui. «Sai quante volte mi ha fatto cambiare l'argomento della tesi?» Fece una pausa, come se si aspettasse una risposta. «Tre! Tre!» gridò. «Ogni volta aveva una scusa diversa: era già uscita una ricerca su quell'argomento, i dati non andavano bene, non ero capace di ridurli come si deve... E come se non bastasse, mi tratta come una segretaria: mi fa comprare i regali per i suoi amanti, mi manda in giro a lavarle la macchina, mi chiede di fare cose che non c'entrano niente col mio lavoro, solo perché può!»

«Lo so, lo so...» disse Gabriele comprensivo, perché quello che Pinetta diceva era vero. Lui era stato fortunato: la sua capa, che era stata anche relatrice della sua tesi di dottorato, era una persona ragionevole: non lo trattava come uno schiavo, e anzi lo faceva sentire non dico un suo pari, ma comunque un collega junior. Conosceva però un sacco di gente che era stata brutalizzata dai propri capi: era una specie di catena della schiavitù. Persone trattate come pezze da piedi durante il dottorato, che arrivate in cima si vendicavano sui loro sottoposti. Era considerata una specie di inevitabile tradizione, come se quel trattamento facesse davvero parte della formazione e servisse a creare ricercatori migliori: ovviamente, generava solo frustrazione e sofferenza. E da quanto diceva Pinetta, in questo Samantha decisamente esagerava.

«No che non lo sai!» gridò infatti la ragazza.

«Okay, non l'ho sperimentato in prima persona» rispose Gabriele, «ma so che succede. Samantha esagera, lo so, e dovresti farlo presente.»

«E a chi?»

In effetti Gabriele non seppe rispondere. «Il sistema è marcio, e va bene» disse allora. «Ma tu sei Miss M477, sei una ricercatrice brillante, e...»

«Non citare quel fottuto oggetto!» gridò, prendendolo del tutto in contropiede. «È cominciato tutto da lì, con quella maledetta tesi di laurea. È stato solo un caso, okay? Sono stata semplicemente fortunata. Nella lotteria degli argomenti di tesi, ho estratto il jolly, e ho trovato una cosa interessante.»

«Sai che non è così: se non fossi stata brava...»

«Oh, per favore! È quello che mi ripetono sempre, ma è falso, e io lo so. Ho avuto fortuna, e tutti l'hanno scambiata per bravura. Da un momento all'altro, hanno iniziato a dirmi che avrei avuto un futuro luminoso, che avrei fatto grandi cose. Persino i miei, che non sanno la differenza che passa tra un pianeta e una stella e non saprebbero dirti manco la formula della forza di gravità, erano orgogliosi, e volevano sapere su cosa stavo lavorando, quando avrei fatto la prossima clamorosa scoperta... Tutti si aspettavano qualcosa da me, *tutti*, e io non sono all'altezza di nessuna delle loro aspettative, perché non sto combinando niente! Ma sai che vuol dire quando tutti ti considerano un genio e tu sai di essere una nullità? Sai che vuol dire vivere ogni giorno con la paura che ti scoprano, che tutti capiscano che sei un fuoco di paglia, e che il meglio della tua vita ce l'hai già alle spalle? Io non combinerò mai niente di meglio di quella maledetta tesi, la mia carriera è già finita! E questo Samantha lo sapeva.»

«È solo la tua sindrome dell'impostore a parlare. È normale, ce l'hanno tutti, me compreso.»

Pinetta, però, scuoteva la testa. «Io non lo so cosa volevo fare, quando ho preso il suo hard disk. Fargliela pagare, oppure semplicemente fregarle la ricerca... Non lo so, non lo so...» Si coprì il viso e iniziò a piangere, pur non spostandosi dalla balaustra. «È tutto troppo, per me... Non ce la faccio...»

Gabriele provò ad avanzare, ma Pinetta scattò non appena sentì il rumore dei suoi passi. «Non ti avvicinare!»

Lui mise le mani avanti. «Okay, okay... Ti volevo solo consolare...»

«Nessuno può farlo» disse Pinetta, il viso fradicio di lacrime.

Gabriele lo vedeva: era disperata, e per questo ancora più pericolosa. Come poteva fare a convincerla a scendere da lì? Si rese d'improvviso conto che non gli interessava più del telescopio, e neppure di consegnarla alla polizia. La verità era che la capiva, e voleva davvero aiutarla. Forse era quella la chiave, forse doveva premere su quel pedale, ma Pinetta non gli lasciò il tempo di farlo.

«Io poi ho capito che avevo fatto una stupidaggine, che stavo firmando la condanna a morte della mia carriera, ma forse era proprio quello che volevo... Però sono sempre stata una brava bambina: mai una preoccupazione per i miei, mai bigiato a scuola, mi sono pure laureata in tempo, anche se dormivo tre ore a notte e non ce la facevo più... E quella parte di me mi diceva che dovevo rimettere le cose a posto, e stringere i denti, e continuare come prima.»

«È stato allora che hai incontrato Hugo.»

Le lacrime ripresero a scendere lungo le guance di Pinetta, ma lei non emise mezzo singhiozzo. «Ero sulla balaustra del giardino d'inverno, e stavo lì indecisa a pensare... Non sapevo che fare, se continuare con quella storia assurda o se invece riportare l'hard disk al suo posto... ed è arrivato lui, e ha capito subito... C'è stata una colluttazione, e...» La voce le si ruppe.

«È stato solo un incidente...» disse Gabriele. «Non è stata colpa tua...»

«Non ci crederà nessuno...», e scosse la testa.

«E invece è palese, anche la polizia giungerebbe alla stessa conclusione, e comunque io glielo spiegherei...»

«Lui ha lasciato quella scritta... E poi c'è quello che è successo dopo...» Stavolta singhiozzò, mentre scuoteva ancora una volta la testa. «Ho deciso di restare lì fingendo che non fossi stata io; volevo scappare, ma quando sono uscita ho visto che le macchine erano fuori uso, e allora ho pensato che se avessi fatto finta di scoprire il cadavere nessuno avrebbe sospettato di me... E poi ho cercato di farvi credere che fosse stato Matt...» Si coprì di nuovo il viso ed emise un gemito tremendo e disperato. E mentre lo faceva, le ginocchia le cedettero e cadde sulla passerella, le mani appoggiate alla balaustra.

Gabriele corse verso di lei e l'afferrò per le spalle. «Va tutto bene... È tutto a posto... vedrai che ne usciremo insieme... Non sei obbligata a continuare così, puoi cambiare referente di dottorato, puoi persino smettere di fare ricerca.»

Lei scosse la testa, il viso appoggiato sulla spalla di Gabriele. «È una spirale, una volta che ci sei dentro non c'è via d'uscita... Io non so fare altro, e tutti si aspettano che vada avanti, che faccia cose straordinarie... Non se ne esce...»

Gabriele la costrinse a guardarlo negli occhi. «Non è così, okay? La vita è tua, non di Samantha, e nemmeno dei tuoi genitori. Non è di nessun altro che non sia tu. *Puoi* uscirne, eccome, se non ti piace più. Puoi prenderti una pausa, fare altro...»

«Ma cosa penseranno di me? Che ho fallito!» gemette Pinetta.

«Fanculo a quello che penseranno gli altri. Questa storia del fallimento ha rotto. Fallisci, se ti fa stare bene. Fallirai comunque se continuerai a fare una cosa che ti fa stare male.»

Pinetta tirò su col naso. Sembrava essersi un po' calmata.

Gabriele pensò che era arrivato il momento di farla ragionare. «Facciamo così: adesso scendiamo, tanto da qua sopra non si risolve niente. Ti porto in camera tua, o dove vuoi, chiediamo a Mariela se puoi prendere altre gocce o qualsiasi cosa ti possa aiutare. Siamo tutti sfiniti per quello che è successo, prendere decisioni adesso non avrebbe senso. Ci dobbiamo riposare. Magari ti metti a letto e poi capiamo che fare, va bene?»

Forse era stato il riferimento alle gocce, o l'invito a concedersi un po' di riposo, fatto sta che Pinetta annuì in silenzio, e Gabriele sentì un'enorme ondata di sollievo riempirgli il petto, assieme a un vago senso di orgoglio: per la prima volta in vita sua, aveva aiutato qualcuno sul serio. Perché non c'era dubbio che senza il suo intervento Pinetta si sarebbe buttata di sotto. Era bello sentire di aver fatto qualcosa di davvero utile.

Prese Pinetta per le spalle, la tirò su lentamente, e si avviarono verso la scala.

«Dobbiamo resistere ancora per poco» aggiunse Gabriele con voce rassicurante, «alla fine siamo riusciti a chiamare, e i soccorsi stanno arrivando.»

Capì di aver fatto una grossa cazzata quasi subito, non appena sentì il corpo di Pinetta irrigidirsi e staccarsi fin troppo facilmente dal suo. Era stanco, sia fisicamente che mentalmente, e aveva fatto un passo falso. Peccato che si rivelò fatale.

«Sta arrivando la polizia?» chiese la ragazza con voce tremante.

«Si sentiva male, non so bene chi ci ha risposto...»

«Io in galera non ci vado. Non ci posso andare!» urlò Pinetta, e lui capì che stava di nuovo dando di matto.

Bravo, ma complimenti, gli disse una voce, ma Gabriele non la stette a sentire. Se Pinetta era nel panico, lui doveva tornare lucido. «Non ci andrai» disse ostentando sicurezza, e del resto quasi ci credeva. «La morte di Hugo è stata un incidente, e Samantha è ancora viva» insistette per calmarla.

Stavolta Gabriele aveva misurato le parole, e per questo il lampo d'odio che vide attraversare gli occhi di Pinetta lo colse del tutto impreparato.

«È ancora viva?» mormorò la ragazza con la voce incrinata. «Cioè non sono stata neppure capace di ammazzarla?»

«Ma è un bene! Non hai commesso un omicidio, okay? È meno grave!»

Nell'udire la parola «omicidio», Pinetta perse definitivamente il lume della ragione. «Io non ci vado in galera, non ci vado!» urlò. Quindi, tutto accadde fin troppo rapidamente: con un'agilità che Gabriele non avrebbe mai immaginato, Pinetta scavalcò la balaustra e si gettò di sotto. Per fortuna, anche lui agì d'istinto, scoprendo una prontezza di riflessi che non sospettava: prima che si compisse l'irreparabile, riuscì ad afferrare un braccio di Pinetta; sentì un dolore fortissimo alla spalla, tanto che gridò, e poi la presa della mano che scivolava sulla pelle della ragazza. Usò anche l'altro braccio, e riuscì a stringere con forza il polso. Si puntellò con i piedi ai ferri verticali della balaustra concentrandosi solo sul contatto tra i suoi palmi e il polso di Pinetta.

«Lasciami andare, lasciami andare!» urlò lei.

Era fuori di sé, e Gabriele, in agonia per il dolore, sentiva di non farcela, ma ciò nonostante stringeva gli occhi e cercava di concentrarsi su una sola cosa: evitare che Pinetta si ammazzasse. «Non ti lascio manco morto!» urlò. Luci bianche gli lampeggiavano davanti alle palpebre, ma si costrinse a tener duro, rimanendo presente a se stesso: non c'era nulla di più importante che salvare Pinetta. Non era riuscito a farlo con Hugo, non avrebbe fallito di nuovo.

Pinetta urlò, e lo stesso fece Gabriele, solo che lui gridò per chiedere aiuto. Era una carta disperata, probabilmente nessuno lo avrebbe sentito – per quanto ne sapeva potevano essere tutti chiusi nelle proprie stanze –, ma non poteva fare altro. E tra un grido e l'altro, cercava di incoraggiare Pinetta.

«Non mollare, okay? Ché se molli è finito tutto, tutto!»

Poi, nel buio pieno di dolore che l'aveva avvolto, udì qualcosa, una voce che si avvicinava.

«Ho bisogno d'aiuto!» gridò. «Non ce la faccio!»

«Non ti capisco, ma sono qua!» urlò qualcuno in inglese.

Gabriele capì che si trattava di Matt. Lui aveva gridato in italiano, per questo non l'aveva capito. «Calala verso il basso!» urlò l'inglese.

«Non ce la faccio!»

«Sì, che ce la fai! L'hai tenuta finora... E comunque non è così alto, e io sono qua sotto!»

Gabriele sentì fortissimo l'impulso di mollare subito, ma cercò di fare come gli stava dicendo Matt. Si avvicinò alla balaustra piegando dolorosamente le ginocchia, e sentì il braccio scendere di qualche centimetro.

«Bravissimo!» lo incoraggiò una voce femminile: era Mariela, e in qualche modo riuscì a infondergli un po' di forza.

Si abbassò col busto, la schiena che urlava, cercando di far scendere ancora un pochino Pinetta. Sentiva che anche pochi centimetri potevano fare la differenza, ma sapeva di essere allo stremo. «Sta scivolando!» urlò, e il suo grido si portò via qualsiasi commento stessero facendo Matt e Mariela.

Sentì la mano di Pinetta sgusciare via dalla sua presa, e il proprio corpo rimbalzare all'indietro per il contraccolpo, urtando il pavimento metallico della passerella. Udì un tonfo che gli fermò il cuore e, distanti, voci concitate in avvicinamento. Poi, finalmente, si permise di svenire.

EPILOGO

Le voci concitate sentite da Gabriele si rivelarono essere quelle dei soccorritori. Quando si riebbe, si trovò davanti un paramedico che provava a parlargli in un inglese stentato. Gabriele cercò di spiegargli del braccio che gli faceva un male cane, ma intervenne Mariela, che la lingua di quel posto la parlava bene. Fu lei a ridurgli la lussazione – per fortuna con abbondanti dosi di antidolorifico, che non furono comunque in grado di spegnere del tutto il dolore – e a fargli una fasciatura d'emergenza. Nel frattempo, i tanto sospirati soccorsi si occuparono di tutto il resto: Pinetta si era rotta qualche osso nella caduta, perché alla fine Matt non era riuscito a prenderla al volo. Comunque, l'altezza non era eccessiva, e Pinetta se la sarebbe cavata con un mese di gesso e un po' di riabilitazione. Un infermiere addirittura elogiò Gabriele per il suo eroico intervento, ma lui non riuscì a sentirsi granché fiero. Non l'avevano aiutato neppure gli interrogatori della polizia, che era arrivata poco dopo i soccorsi: erano stati rapidi, ma lo avevano comunque costretto a ripercorrere tutti gli eventi delle ultime ore.

Il sole sorse, mettendo fine a quella notte assurda. Gabriele si ritrovò appoggiato alla ringhiera della piattaforma dei telescopi con Mariela al suo fianco: guardava lo sconfinato deserto che li circondava. Incredibilmente, avrebbe voluto che fosse ancora notte, solo per poter guardare di nuovo le stelle, e provare quel sollievo di poche ore prima, quel senso profondo di calma che la loro luce era ancora in grado di infondergli. Ora, dentro di sé, Gabriele sentiva solo un vuoto incolmabile e una tristezza che non lasciava scampo.

«Sai come mi sento?» disse infine, mentre il sole si alzava accendendo il deserto di riflessi dorati. «Come Guglielmo da Baskerville davanti al rogo della biblioteca.» Si girò verso Mariela, che aveva distolto gli occhi dal deserto e lo stava guardando. «Hai letto *Il nome della rosa*?» Lei annuì. Gabriele tornò a fissare il deserto. «È il mio libro preferito. Be', ti ricorderai il finale, no?»

«Sì, ma qui è tutto diverso» disse lei.

Gabriele scosse la testa. «E invece ci somiglia molto: ho risolto l'enigma, ma ci sono arrivato un po' per caso, proprio come fa Guglielmo da

Baskerville, e alla fine ne siamo usciti quasi tutti feriti, in un modo o nell'altro.»

Mariela lo prese per un braccio e lo costrinse a voltarsi per guardarla. «Ma sei serio?» Gabriele non rispose, e lei andò avanti. «Pinetta l'hai salvata: stava per buttarsi di sotto, se non fosse stato per te sarebbe morta, e hai pure evitato che cadesse sul telescopio.»

«Ma finirà in carcere.»

«Quello non avresti potuto evitarlo in nessun modo.»

Gabriele tornò a guardare il deserto. «Non riesco ad avercela con lei.» Si girò di scatto verso Mariela, per giustificare subito un'uscita che, lo sapeva, poteva essere facilmente fraintesa. «Cioè, ha fatto cose tremende, ne sono consapevole, e so pure che dovrei augurarmi che finisca in carcere. Forse c'è qualcosa di sbagliato in me.»

Mariela sorrise piano. «Non credo.»

Gabriele si sentì sollevato, e continuò: «Il fatto è che mi ha detto delle cose, lassù... Delle cose che condivido. Il mondo della ricerca è un casino, un casino vero, e lo stesso vale per l'università. Ci vengono richiesti dei sacrifici incredibili, e tutti danno per scontato che sia normale. Ci trattano come fossimo dei preti, e forse un po' lo siamo: la nostra è una vocazione, e ci ripetono che siamo fortunati a fare il lavoro che amiamo; dicono che non dovremmo lamentarci, e fare tutto il necessario per rimanere nel sistema. E il sistema è spietato, Mariela.» La guardò. «Devi produrre, o resti indietro: articoli, scoperte, ricerche, sempre più veloce, sempre al massimo delle tue possibilità. Il fallimento non è contemplato, e neppure le lamentele lo sono: è una missione, no? E allora devi portarla avanti fino in fondo.»

«Credi che sia così solo nella ricerca?» rispose subito Mariela. «È il mondo che va così, Gabriele, in ogni settore. La performance è l'unica cosa che conta, e se può consolarti in medicina è anche peggio: non hai idea dei giri che ho dovuto fare, dei sacrifici, delle richieste assurde che mi è toccato sentire. Alcune le ho rifiutate, perché c'è un limite a tutto. Credi che venire qua fosse la mia prima scelta? Non che mi sia pentita – almeno ho conosciuto te –, ma avrei preferito poter restare a casa mia, e invece sono anni che giro per il mondo.»

Gabriele arrossì. Di tutto quel discorso, gli era rimasta in testa una cosa: Mariela era contenta di stare in quel posto sperduto solo perché aveva conosciuto lui. Dovette di nuovo distogliere lo sguardo. «Sai però che c'è?» riprese poi. «Io non lo so più se ne vale la pena. Lo pensavo anche prima, a dire il vero, ma quello che mi ha detto Pinetta mi ha fatto riflettere anche su me stesso e sulla mia situazione: mi sento bloccato nella mia carriera, la ricerca non è per niente come me l'ero immaginata, e io ho un po' perso l'entusiasmo. Anzi, me l'hanno fatto perdere. E allora, che senso ha continuare?»

«Girati» disse Mariela.

Lui la guardò.

«Non verso di me» sorrise lei, «verso i telescopi.»

Gabriele obbedì. Ora le cupole erano tutte chiuse, perché parte dell'elettricità era stata ripristinata. Splendevano candide sotto la luce intensa dell'ennesima giornata di sole; lassù, a volte, passavano anni interi senza che piovesse.

«Ogni notte, le cupole si aprono e inizia l'osservazione» disse Mariela. «E io resto incantata tutte le volte; non riesco a credere che possiamo guardare così lontano e tanto indietro nel tempo, come mi hai spiegato. E soprattutto non riesco a credere che siamo in grado di capire tutto questo, studiando le stelle che ogni notte vedo quassù. Ogni sera, quando alzo gli occhi, mi sento piccolissima; capisco quanto è immenso l'universo, e ho paura. Ma poi guardo i telescopi, e mi sento meglio, perché sono loro che possono aiutarmi a capire questa immensità sconfinata, facendomi sentire meno sola.»

Mariela guardò Gabriele, e anche lui si girò verso di lei; gli occhi della donna brillavano di autentica meraviglia.

«Quello che fate qua è importante, Gabriele.

È faticoso, a volte ingiusto, ma non devi mettere in dubbio ciò che fai, ma *come* sei costretto a farlo. Il sistema è marcio, sono d'accordo con te. E allora va cambiato, magari dall'interno, visto che tu ci stai dentro. Ma tutto questo», e indicò i telescopi con un ampio movimento del braccio, «tutto questo è sacro, e va salvato, perché è ciò che fa di noi quel che siamo: senza la curiosità che lo muove, l'uomo non è niente.»

Gabriele avrebbe voluto baciarla; quant'era vero quello che aveva appena detto, e quanta speranza gli aveva dato. Però si trattenne; magari lei non voleva, magari lui aveva equivocato il bacio di quella notte. Così, il momento passò e lei spostò lo sguardo su un paramedico che si stava avvicinando.

«Mi sa che dobbiamo andare; tu hai pure bisogno di un'ingessatura seria. Ti fa molto male, vero?»

Quando sto con te, no, avrebbe voluto dire, ma sarebbe suonato davvero ridicolo. «Un po', ma l'antidolorifico che mi hai dato funziona.»

«Non ti ci abituare, è morfina» disse lei.

Si avviarono seguendo il paramedico, diretti verso l'ambulanza che li avrebbe portati alla città più vicina.

«Grazie» sussurrò infine Gabriele. «Non solo per il braccio, ma anche per quello che mi hai detto.»

Lei sorrise sotto i baffi, quindi lo guardò. «Comunque, se abbandonassi la ricerca potresti metterti a fare il detective!»

Risero tutti e due, scaricando la tensione e la tristezza di quella notte.

«Chissà... chissà» scherzò lui, e si avviarono un po' più sollevati, finalmente.

QUALCHE NOTA NECESSARIA E UN PAIO DI DOVEROSI RINGRAZIAMENTI

L'osservatorio in cui è ambientata questa storia non esiste. Ce ne sono di simili, ovviamente, e altrettanto ovviamente è ispirato a quelli che ho realmente visitato nella mia vita, ma per esigenze narrative ho preferito inventarne uno di sana pianta. Altrettanto ovviamente, ho cercato di descriverlo nella maniera più fedele possibile al funzionamento di un osservatorio vero, ma – ancora, per necessità narrative – ci sono svariate licenze poetiche. Non credo che un sabotaggio come quello che ho descritto sia realmente possibile, ma avevo bisogno di tenere Gabriele e gli altri personaggi isolati dal mondo per un po'; fare il ricercatore sarà pure un po' come fare il detective, ma il nostro protagonista doveva essere *costretto* a usare le sue doti investigative. La dicitura «UTC-XX» indica il fuso orario: «UTC» è in sostanza l'orario del meridiano di Greenwich, mentre il «-» in questo caso indica di quante ore indietro («XX», un numero ignoto) rispetto a quel fuso si trova il nostro misterioso osservatorio.

Anche con Samantha e il suo comportamento nei confronti di Pinetta ho decisamente esagerato, ma sulle dinamiche che animano il mondo della ricerca ho cercato di essere più realistica possibile; come dice Mariela, è un problema che riguarda la società capitalistica in generale, tutta votata alla performance e al profitto, ma i danni che questo approccio provoca alla ricerca secondo me sono ancora più gravi: un sistema così competitivo, in un ambito in cui la cooperazione dovrebbe essere la regola – si fa ricerca per se stessi, certo, ma anche per l'umanità intera, per far progredire la conoscenza di tutti –, ci fa perdere talenti, e finisce per ostacolare quest'enorme impresa che ci siamo proposti di portare avanti.

Se il libro vi ha incuriositi e vi state chiedendo come funzionano la ricerca astronomica e i telescopi con i quali la conduciamo – io spero proprio di sì –, vi invito a visitare un osservatorio; ce ne sono in Italia e nel resto del pianeta, e in genere organizzano visite guidate (di giorno, ovviamente). Per esempio, il VLT, l'osservatorio europeo che si trova nel Nord del Cile, è uno dei più grandi e importanti al mondo. Non è vicino, certo, ma visitarlo è un'esperienza incredibile che io ho fatto e che consiglio molto caldamente anche a voi.

Infine, alcuni doverosi ringraziamenti: a Chiara Valerio in primis, che un bel giorno mi ha proposto di scrivere un giallo astronomico. Senza di lei non mi sarei mai imbarcata in questo salto nel vuoto; ho sempre e solo scritto fantasy e prevalentemente per ragazzi, questa storia è un bel po' fuori dalla mia comfort zone. Ma, in qualche modo, era quello di cui avevo bisogno in questo momento del mio percorso di autrice, e anche della mia vita più in generale. È stato un gran bel viaggio, spero anche per voi.

Grazie infinite a Luca Sbordone, che ha risposto a tutte le mie domande più assurde su come funzioni un osservatorio del genere, visto da chi ci lavora per davvero. Scusa per la rottura di scatole, sei stato veramente indispensabile, senza di te non avrei saputo da dove cominciare.

E grazie infine a mio marito, che essendo il *beta tester* di tutte le mie storie ha dovuto sorbirsi le mie solite lamentele sui buchi di trama e gli snodi che non riuscivo a sbrogliare. Sei il mio centro di gravità permanente, nella scrittura e in tutto il resto.

Stampato da
Grafica Veneta S.p.A., Trebaseleghe (PD)
per conto di Marsilio Editori® in Venezia

EDIZIONE

10 9 8 7 6 5 4 3 2 1

ANNO

2024 2025 2026 2027 2028